KB262063

북오션은 책에 관한 아이디어와 원고를 설레는 마음으로 기다리고 있습니다. 책으로 만들고 싶은 아이디어가 있으신 분은 이메일(bookrose@naver.com)로 간단한 개요와 취지, 연락처 등을 보내주세요. 머뭇거리지 말고 문을 두드리세요. 길이 열릴 것입니다.

천천히 걷는 자의 행복

초판 1쇄 인쇄 | 2013년 3월 20일
초판 1쇄 발행 | 2013년 3월 25일

지은이 | 오풍연
펴낸이 | 박영욱
펴낸곳 | 북오션

경영총괄 | 정희숙
책임편집 | 이상모
편집 | 임은희
마케팅 | 최석진 · 이종진
본문 및 표지 디자인 | 서정희
법률자문 | 법무법인 명율 대표 변호사 안성용

주 소 | 서울시 마포구 서교동 468-2번지
이메일 | bookrose@naver.com
트위터 | @Book_ocean
페이스북 | bookocean
카 페 | http://cafe.naver.com/bookrose
전 화 | 편집문의 : 02-325-5352   영업문의 : 02-322-6709
팩 스 | 02-3143-3964

출판신고번호 | 제313-2007-000197호

ISBN 978-89-6799-011-4 (03810)

*이 도서의 국립중앙도서관 출판시도서목록(CIP)은 e-CIP홈페이지(http://www.nl.go.kr/ecip)
 와 국가자료공동목록시스템(http://www.nl.go.kr/kolisnet)에서 이용하실 수 있습니다.
 (CIP제어번호 : CIP2013001129)

천천히 걷는 자의 행복

오풍연 지음

북오션

모두가 고마울 따름입니다

내 나이 쉰을 넘어 50대 중반이다. 그동안 삶을 되돌아본다. 후회 없이 살아왔는가? 대답은 "그렇다"이다. 만 26년 동안 기자 생활을 하면서 수없이 많은 사람들을 만나왔다. 기자에게 주어진 '특권'이랄 수 있다. 대통령부터 가장 밑바닥 인생까지 취재 대상이었다. 한 사람, 한 사람이 주마등처럼 스쳐 지나간다.

글쓰기는 기자의 본업이다. 거의 매일 쓰면서도 만족스럽지 못한 것이 사실이다. 글쓰기가 그만큼 어렵다는 얘기다. 나 역시 마찬가지다. 그림에도 이번 여섯 번째 에세이집을 출간한다. 그동안 책을 펴내준 출판사 측에 고마움을 전한다. 졸고를 건네는 게 쑥스럽기도 했다. 독자들의 고마움은 이루 말할 수가 없다. 독자가 없으면 아무리 좋은 책이라도 의미가 없기 때문이다.

그동안 전국의 많은 분들에게서 격려를 받았디. 어떤 분은 전화로, 메시지로, 메일로 격려해 주었다. 회사로 직접 찾아오시는 분도 있었다. "사는 모습이 책의 내용과 똑같네요." 칭찬으로 받아들여야 하는 걸까. 있는 그대로를 옮기려고 노력한 것은 맞다.

나는 치장이나 가식을 가장 싫어한다. 잘났든, 못났든 있는 그대로가 좋다.

그러다 보니 인연을 제일 소중하게 여긴다. 나에게 배신이란 있을 수 없다. 내가 무조건 상대방을 믿는 이유다. 누구 한 명 소중하지 않은 지인이 없다. 모두가 나의 큰 재산 목록이다. 모든 분들께 잘해 드리고 싶은 심정이다. 행여 나로 인해 섭섭한 분이 있었다면 용서를 빈다.

오늘의 나를 있게 해준 부모님께도 거듭 머리를 숙인다. 아버지는 1974년, 어머니는 2008년 각각 돌아가셨다. 특히 어머니는 베풂의 심성을 건네주셨다. 암 투병 생활을 하시면서도 그것을 실천했다. 베풂은 배려로 이어지기에 어느 심성보다 중요하다.

아내와 아들, 장모님도 든든한 후원군이다. 지금껏 별 탈 없이 직장 생활을 한 것도 그들 덕이다. 특히 아들 녀석은 내가 에세이집을 낼 수 있도록 계기를 만들어준 장본인이기도 하다. 놈이 2009년 4월 군에 입대한 뒤부터 본격적으로 글을 쓰기 시작했다. 이제는 제대한 후 복학해 졸업을 앞두고 있다.

페이스북 친구, 아고라 회원들도 큰 힘이 되어주셨다. 소통을 하면서 많은 아이디어를 얻었다. 무엇보다 책을 예쁘게 내준 북오션 박영욱 대표를 비롯한 편집자에게 감사한 마음을 전한다. 모든 분들의 행운을 빈다.'

2013년 3월
오풍연

2장_ 가족 자격 시험 •97•

1장

미워하지 않고 사는 법

만남은 인간관계에서 빼놓을 수 없다. 혼자만 살 수 없기 때문이다. 눈을 뜨면 가족을 만난다. 집을 나서면 직장 동료 등 타인을 접촉하게 된다. 모든 것은 만남에서 이뤄진다. 그것이 소중한 이유다. 만남에 의미를 둬야 한다. 하찮게 여기면 안 된다. 그런 만큼 정성을 다할 필요가 있다.

친구 따라 강남 간다더니…

명색이 신문사 논설위원을 세 번이나 했다. 거창하게 쳐다보는 이들이 적지 않다. 다방면에 걸쳐 많이 알 것으로 생각한다. 솔직히 그렇지 못하다. 적어도 나는 그렇다. 영화에 관한 한 문외한이다. 지금까지 본 영화가 10편도 안 된다. 최근에 본 영화 3편을 포함해서다. 영화를 말한다는 자체가 부끄럽다. 그래서 어떤 글에서든 영화를 거론한 적이 없다. 신성한 영화를 모독할까 봐 그랬다.

그런 나에게도 변화가 왔다. 2010년 가을부터 문화생활(?)을 시작했다. 가수 장사익 공연, 뮤지컬 관람, 영화 등 모두 5번이나 나들이를 했다. 그것도 부부 동반으로 갔던 것. 엄청난 변화가 아닐 수 없다. 무엇보다 아내가 좋아했다. 목석처럼 꿈쩍도 않던 내가 움직였으니……. 아내는 오래 살 일이라고 나를 치켜세웠다. 나 또한 보람을 느낀 건 사실이다.

'친구 따라 강남 간다'는 속담이 있다. 친구끼리는 닮아간다는 얘기일 터. 나 역시 그랬다. 사업을 하는 친구와 만나면서 내 스스로 바뀌고 있음을 알게 됐다. 나를 인도한 그 친구가 고맙다. 이제는 공연, 영화도 관심을 갖고 들여다본다. 이처럼 외부적 자극도 필요한 것 같다. 친구를 만나지 않았더라면 문화예술과는 영원히 담 쌓고 살았을지도 모른다. 금기란 없는 법이다.

기분 좋은 방문

만남은 인간관계에서 빼놓을 수 없다. 혼자만 살 수 없기 때문이다. 눈을 뜨면 가족을 만난다. 집을 나서면 직장 동료 등 타인을 접촉하게 된다. 모든 것은 만남에서 이뤄진다. 그것이 소중한 이유다. 만남에 의미를 둬야 한다. 하찮게 여기면 안 된다. 그런 만큼 정성을 다할 필요가 있다.

장관급 인사와 약속을 했다. 며칠 전 비서실에서 먼저 연락이 왔다. 용무를 물었다. 그래서 관련 자료를 보냈다. 미리 검토하기 위해서였다. 친절한 배려다. 상사에게도 좋고, 방문자에게도 나쁘지 않다. 우선 면담시간을 줄일 수 있다. 말로 설명하는 것보다 자료를 참조하는 것이 빠르다.

약속 당일. 오후 4시로 시간을 잡았다. 정확히 5분 전쯤 도착했다. 주차장은 만원이었다. 그때 경비원이 다가왔다. 용건을 얘기했더니 주차를 안내했다. 미리 공간을 마련해 놓고 있었다. 감사한 마음을 전했다.

현관에 들어섰더니 또 다른 직원이 엘리베이터까지 마중했다. 낯선 방문객에게 호의를 베풀었다. 비서실 직원은 통화를 했던 터라 반갑게 맞이했다. 장관급 인사는 더 환대했다. 두 번째 만남이었는데 감동을 배가시켰다. 면담이 끝난 뒤에는 문밖까지 배웅했다. 섬김이 몸에 밴 이런 공직자들도 있다.

경춘고속도로

세상 좋아졌다는 말을 많이 듣는다. 모든 게 편리해져서 그럴 게다. 특히 교통의 발달은 괄목할 만하다. KTX가 전국을 하루 생활권으로 만든 지 오래다. 그래서 부산, 대구, 광주, 목포도 멀리 느껴지지 않는다. 아침에 약속하면 현지서 점심도 가능하다.

서울에서 가까운 춘천. 2010년 고속도로가 개통되기 전까지는 가는 데 반나절은 족히 걸렸다. 버스를 타든, 기차를 타든 별반 차이가 없었다. 춘천이 멀리만 느껴진 이유였다. 그런데 고속도로가 뚫리면서 사정이 변했다. 서울의 외곽도시처럼 느껴진다. 용인이나 분당보다 더 빨리 서울에 도착할 수 있다. 지난 주말 실제로 그 같은 경험을 하게 됐다.

친구 부부와 춘천 나들이를 했던 것. 아침 7시 서울 압구정농에서 만났다. 깅촌IC를 나와 친구 공사현장에 도착한 시간은 7시47분. 그곳에서 왕십리 한 극장에 연락해 9시 30분 표를 예매했다. 서울에 도착한 시간은 9시 10분. 11시 35분 영화가 끝난 뒤 점심을 먹고 헤어졌다. 세상이 얼마나 좋아졌는가. 상상도 할 수 없었던 일을 체험하는 것이 오늘의 현주소다. 3년 전 돌아가신 어머님 말씀이 생각난다. "이렇게 잘 뚫린 길을 모두 다 가보고 죽었으면 좋겠는데……."

통일 장군의 꿈

기자가 되지 않았더라면 무엇을 했을까. 아마도 군에 있었을지 모른다. 어릴 적 군인은 선망의 대상이었다. 멋진 제복에, 절도있는 행동까지 멋져 보였다. 그러나 직업군인의 꿈은 이루지 못했다. 대신 사병으로 군 복무를 마쳤다. 분단된 국가에서 군은 안보의 최후 보루다. 이런 저런 일로 지탄도 받고 있지만 없어서는 안 될 존재다. 국민과 군이 서로 사랑을 주고받아야 한다.

청와대 출입기자 시절부터 알고 지낸 분이 있다. 사단장을 거쳐 육군 소장으로 예편했다. 학구열이 대단한 분이다. 박사학위도 받았다. 물론 대학에도 출강한다. 저술활동에도 열정적이다. 시집도 몇 권 냈다. 그만큼 감성이 풍부하다는 얘기다. 최근 《한반도 희망이야기》라는 책을 펴냈다. 세계 평화에 기여하는 통일된 나라의 로드맵을 제시하고 있다. 다양한 경륜이 묻어난다.

그의 아호는 '통일'이다. 무슨 사연이 있을 듯싶어 물어봤다. "내 생전에 통일이 꼭 이뤄졌으면 좋겠습니다. 그래서 통일이라는 호를 지었습니다." 통일은 향한 그의 꿈은 현재 진행형이다. 진정한 무인답게 통일의 설계도를 그리고 있다. 한국전략문제연구소 안보전략소장을 맡은 것도 체계적으로 연구하기 위해서다. 그의 꿈은 바로 나의 꿈이기도 하다.

오래 삽시다

머리가 희끗한 중년들이 하나둘씩 들어온다. 이마에 주름살도 늘었다. 세월은 속일 수 없는가 보다. 늙지 않는 사람은 없었다. 1년에 두세 차례 만난다. 2000년대 초반 청와대를 출입했던 기자들의 모임이다. 2003년 2월 청와대를 떠나면서 모임을 만들었다. '청춘회'가 그것이다. 기자들의 거처였던 청와대 춘추관에서 따왔다. 작명의 주인공도 나다.

기자들은 개성이 강한 편이다. 잘 모이지 않기로도 유명하다. 그럼에도 청춘회는 이름만큼이나 영속성이 있다. 지금까지 모임을 유지해오고 있는 게 증좌다. 중앙기자단 30명이 정회원이다. 여기에 청와대 홍보수석실에 근무했던 공무원들이 일부 참여하고 있다. 모임 때마다 평균 20명 안팎이 얼굴을 내민다. 언론사의 꽃이라는 편집·보도국장도 5명 배출했다. 앞으로도 더 나올 공산이 크다. 각자 분야에서 열심히 뛰고 있는 회원들이 자랑스럽다.

회원 중 가장 막내가 몇 년 전 세상을 떠났다. 교통사고를 당했던 것. 최근 모임에서도 한 사람씩 1분 스피치를 했다. 촌철살인의 멘트로 모두를 즐겁게 했다. 내 차례가 왔다. "요즘 새벽마다 글을 쓰며 생사를 고민하고 있습니다. 오래 삽시다. 그래야 이렇게 만날 수 있지요." 영원히 만날 수 있으면 좋을 텐데……

결혼, 두 번은 하지 말게

일편단심 민들레라는 말이 있다. 평생 마음이 변치 않을 때 쓴다. 그러나 쉬운 일이 아니다. 외부적 요인뿐만 아니라 스스로 흔들리는 경우가 많아서 그럴 게다. 배우자와 사별하고 나면 '결코 재혼하지 않고 혼자 살겠다'고 다짐한다. 상대방을 위로할 때 곧잘 말하곤 한다. 어린 자식이 있으면 눈을 감기 어렵다. 그나마 애들하고 잘살겠다고 하면 고마움에 눈물을 흘린다. 주위에서 흔히 볼 수 있는 에피소드다.

친한 친구가 있다. 몇 해 전 사별했다. 그들 부부는 정말 금슬이 좋았다. 친구는 아픈 아내를 위해 마지막까지 정성을 다했다. 그러나 아내는 남편과 아이를 남겨놓고 세상을 떴다. 친구에게 재혼을 권유했다. "남자는 혼자 살 수 없네. 좋은 짝을 만나면 좋겠어."

친구는 재혼하지 않겠다는 말은 하지 않았었다. 그러면서 아이들을 뒷바라지 했다. 그런데 얼마 전 연락이 왔다. "나 재혼하네." 축하할 일이었다. 그간의 자초지종을 설명했다.

친구는 식구들만 참석한 가운데 조용히 결혼식을 치렀다. 참석하지 못해 이튿날 전화를 했다. 친구가 먼저 말했다. "결혼은 두 번 할 것 못되네." 만감이 교차하는 듯한 목소리였다. "무슨 소리. 행복한 가정 이루게나." 사별하지 않았더라면 더 좋았을 텐데……

폼생 폼사

내가 왕년에 어쨌는데……. 현재보다 과거를 중시하는 사람들이 전유물처럼 말한다. 자기를 업신여기지 말라는 얘기일 터. 그러면서 지난날의 향수에 젖는다. "그래서 어쩌란 말이냐"라고 반문하면 어쩔 줄 몰라 한다. 폼 잡기를 좋아하는 사람들이 있다. 이들은 실제보다 부풀리는 측면이 많다. 없는 것도 있다고, 모르는 것도 안다고 대답한다. 당장 탄로 날 텐데 눈 하나 깜짝하지 않는다. 허풍쟁이의 전형이랄까.

어릴 때부터 허풍을 떠는 동창 녀석이 있다. 어디까지 믿어야 할지 감을 잡을 수가 없다. 황당한 구석도 있다. 가령 덕수궁이 자기네 정원이라고 말하는 격이다.

서울 부암동에 낡은 문화재 건물이 있다. 물론 사람이 살지 않는다. 그것을 자기 소유라고 주장한다. 몰래 들어가 취사를 하면서 호기를 부리디린다. 무슨 배짱에서 새빨간 거짓말을 할까. 거짓말을 반복하다 보면 자기 자신도 거기에 함몰된다. 스스로는 거짓말하는 줄 모르고 태연하다. 이른바 착시현상이다.

사정 기관 수상을 지낸 분이 있나. 아주 검손하다. "나도 몰랐는데 오 기자는 내가 그 자리에 오를 줄 알았어요?"라고 묻는다. 자기 자신을 낮출 때 훨씬 돋보이는 법이다.

어느 화교와의 만남

한 교도관에게서 전화가 왔다. "국장님, 토요일 오후 시간 좀 내주실 수 있습니까. 제가 저녁 한 번 모시겠습니다." 그와 알고 지낸지는 20년 가까이 된다. 검찰 출입기자 시절 부속실에 있었다. 푸근한 인상에 친절하기까지 했다. 나보다는 7살 위. 그래서 사석에선 '형님'이라고 부른다. 그런 그가 얼마 전 교정대상을 수상했다. 1만5천 명의 교정 공무원 중 으뜸으로 꼽혔던 것이다. 가문의 영광이 아닐 수 없다. 1계급 특진도 했다. 따라서 축하의 자리였던 셈이다.

서울 종로의 허름한 중국집에서 그를 만났다. 그의 친구 한 명이 더 나와 셋이서 함께했다. 대만 국적의 친구는 화교였다. 친구 역시 인상이 좋았다. 처음 보았지만 친구 분에게도 '형님'으로 호칭했다.

고량주를 2병 비우며 주거니 받거니 했다. 오래간만에 회포를 풀다 보니 그렇게 즐거울 수가 없었다. 화교 친구 분이 제안했다. "우리 집사람이 음식을 매우 잘합니다. 다음번에는 저희 집으로 초대하겠습니다." 요즘 세상에 자기 집으로 부르는 사람은 흔하지 않다. 그것도 초면에 초대를 받아 감동이 배가됐다.

꼭 닮고 싶은 사람

멘토라는 말을 많이 쓴다. 방송이나 신문 지면에도 곧잘 장식한다. 인생 스승, 닮고 싶은 사람쯤으로 해석하면 될 듯하다. 사람은 삶의 목표가 있듯이 누군가를 닮고 싶어 한다. 멘토는 굳이 거창할 필요도 없다. 반드시 성공한 사람이 아니어도 된다. 자기의 맡은 분야에서 최선을 다하는 사람이면 족할 것 같다. 멀리서 찾지 말고, 가까운 데서 찾으면 있다.

기자 생활 만 25년째. 나에게는 멘토가 있었을까. 솔직히 닮고 싶은 사람이 없었다. 불행한 일이다. 앞으로 생겼으면 하는 바람이다. 나이를 들어서도 스승을 만날 수 있기 때문이다. 멘토가 없는 대신 나름의 원칙은 갖고 살아왔다. 정직과 성실이 나의 모토다. 남이 보든, 안 보든 거기에는 변함이 없다. 내가 아직 종교를 갖지 않는 이유이기도 하다.

그런 나를 멘토라고 부르는 분이 있다. 아직 뵙지도 못했다. 메일과 전화로 소통을 했을 뿐이다. "오 국장님은 저의 멘토 이십니다. 곁에 계신 것만으로도 든든합니다." 전화 목소리가 어찌나 밝은지 모른다. 40대 가정주부다. 더 열심히 살아야겠다는 각오를 뇌새기게 한다. 정말 멘토로서 역할을 할 수 있을까. 멘티가 있다는 것은 기분 좋은 일이다.

이름도 인연이다

이름 때문에 웃지 못할 일들이 많이 생긴다. 특히 우리나라는 이름이 간단해서 같은 이름이 적지 않다. 가령 '철수'나 '영희' 같은 이름은 수십 명 ~ 수백 명에 이른다. 한 직장에 같은 이름이 있으면 번지수를 잘못 찾는 경우가 많다. 전화가 잘못 연결되거나 엉뚱한 우편물이 배달되기도 한다. 아내가 자기 남편인 줄 알고 다른 남편을 쏘아붙여 폭소를 자아내는 경우도 있다. 일전에 한 포럼에서 명함을 주고받았다. 어디서 많이 들어본 이름이었다. 성을 포함, 앞 두 글자는 같고 끝만 다른 세 분을 알고 있다. '용' '룡' '영' 자로 끝나는 분들이다. 연관성이 있는 것 같아 물어봤다. 가운데 '오' 자가 돌림자란다. 가운데 '자' 로 시작되는 돌림에도 같은 끝말을 많이 쓴다. 구씨 성이 그렇다.

'오풍연'. 내 이름은 거의 보지 못했다. 이름에 '풍' 자를 잘 쓰지 않는 때문일까. 어느 포털에 들어가도 한 명밖에 나오지 않는다. 그래서 그 사람이 바로 나라고 자신 있게 말한다. 유사한 이름은 있다. 몇 해 전 지인의 소개로 만남을 가졌다. 그분의 이름은 '오풍영'. 기업체 대표로 계셨다. "이렇게 만난 것도 인연입니다. 반갑습니다." 내가 먼저 인사를 드렸다. 그분도 보통 인연이 아니라고 호탕하게 웃었다. 이름도 인연의 소재가 될 수 있다.

'나눔'의 회원이 되던 날

우리 민족은 예로부터 모임을 즐겼다. 멀리는 두레가 그랬고, 각종 동창회 모임 등이 그것이다. 한 사람이 보통 3~4개는 되지 않을까. 10여 개 이상 모임에 참여하는 열성파도 있다. 모임의 이름을 다 기억하지 못할 정도다. 대부분 자발적으로 참여한다. 그러나 자의 반, 타의 반으로 참여하는 경우도 있다. 며칠 전 사업하는 친구에게서 연락이 왔다. 좋은 분들을 소개해주겠다는 것. 마침 휴가 중이어서 저녁 모임에 참석했다. 9명 가운데 내가 두 번째로 도착했다. 친구는 20여 분 늦게 나왔다. 그래서 한 분 한 분과 인사를 나눴다. 직업이 다양했다. 사업하는 분이 3명, 박사 3명, 공무원 2명, 기자인 나. 모임의 이름은 '나눔'. 나눔을 실천하자는 취지에서 그렇게 정했단다. 면면들을 살펴보니 충분히 그리고도 남을 분들 같았다.

"가끔 눈높이를 낮추어서 내가 누리는 것을 꿈도 못 꾸어보는 이웃들을 돌아보며 봉사하는 모임도 좋을 듯합니다. 그 속에서 누리는 만족감 또한 기대 이상으로 큰 행복을 가져다 줄 겁니다. 오 작가님의 새로운 시야 넓히기에도 큰 도움을 줄 거고요. 예기치 못한 글 소재도 나올 거고요. 저 나름대로는 그런 기대도 해봅니다만." 한 독자의 이 같은 댓글이 자세를 가다듬게 한다.

케이크 선물

부부 동반 모임은 쉽지 않다. 우리 사회가 남성 위주로 움직이기 때문이다. 남자끼리는 밖에서 자주 만난다. 식사도 하고, 술도 마신다. 여자, 아내들이 불만을 터뜨리는 이유다. 자기네도 끼워줄 수 없느냐는 얘기다. 대부분의 남편들은 퉁명스럽게 대답한다. "여자가 집에 있어야지. 무슨 바깥나들이야." 아내들은 더 이상 대꾸하지 않고 포기한다.

초등학교 친구 녀석과 부부 동반 저녁을 했다. 두 부부가 식사하는 것은 처음이었다. 녀석과는 일주일에 한 번 이상 만나는 사이다. 그러나 주로 점심을 하기에 아내들과 함께하기는 어려웠다. 마침 휴가 중이어서 시간을 냈다. 가끔 이용하는 뷔페에 들렀다. 분위기가 있어 아내들이 좋아했다. "우리 이렇게 자주 만났으면 좋겠어요. 앞으론 문화생활도 함께해요. 영화도 보고, 뮤지컬도 보고, 식사도 하면 좋잖아요." 아내의 제안에 친구 아내도 고개를 끄덕였다. 나와 친구도 암묵적으로 동의했다.

식사를 하는 동안 지배인이 케이크 상자를 들고 왔다. "모처럼 오셨으니 선물로 드리려고 가져 왔어요. 자주 이용해 주세요." 맛있는 식사에 케이크까지 선물로 받고 보니 으쓱해졌다. 남산과 올림픽대로의 야경이 정취를 더해 줬다. 즐거운 하루다.

13시간의 문상 길

정확히 오전 8시 집을 나섰다. 9시 5분발 마산행 우등 고속버스를 타기 위해서였다. 출근시간대라 지하철이 만원이었다. 강남고속버스터미널에는 늦지 않게 도착했다. 20분쯤 기다린 뒤 고속버스에 올랐다. 마산은 만 24년 만에 가는 길이었다. 1987년 대우 옥포조선소에서 노사분규가 한창일 때 한 달여 취재를 마치고 올라오는 길에 들렀었다. 기억도 까마득했다.

4시간 5분을 달려 오후 1시 10분 마산 땅을 밟았다. 택시를 이용해 병원 장례식장으로 향했다. 전날 친구 어머님이 돌아가셔서 문상 차 내려왔던 것이다. 영안실에 도착한 시간은 1시 30분, 문상을 하고 1시간을 머물렀다. 2시 30분에 다시 마산터미널로 향했다. 마침 3시 표가 있었다. 서울에 7시쯤 도착하리라 예상했다. 그런데 웬걸. 휴가철이라 고속도로는 주차장을 방불케 했다. 버스 전용차로를 이용했어도 8시 넘어서야 서울에 왔다. 집에 오니 밤 9시. 상갓집을 다녀오는 데 꼬박 13시간이 걸린 셈이다. 피곤할 법도 한데 마음이 가벼웠다. 부음 소식을 듣고 망설인 게 사실이다. 그냥, 성의만 표시할까. 핑계 없는 무덤 없다고, 적당히 둘러댈 수도 있다. 그러나 아침 일찍부터 서두른 보람이 있었다. 경조사를 챙기는 것도 성의다. 그래야 살맛도 난다.

어느 장관급 인사의 명함

사람이 처음 만나면 무엇을 할까. 먼저 악수를 건넨다. 그다음엔 명함을 주고받는다. 동서양이 똑같다. 명함을 교환하는 것은 연락처를 알려주기 위해서다. 거기엔 일반전화와 휴대전화 번호, 팩스 번호가 있다. 그래서 명함을 소중하게 보관한다. 유사시 꺼내 쓸 수 있기 때문이다. 지금은 휴대폰에 바로 저장할 수 있지만, 옛날에는 일일이 수첩에 메모하곤 했다.

명함을 받고 기분이 언짢을 때도 있다. 전화번호가 없는 경우다. 고위직일수록 그런 경향이 있다. 장·차관급의 경우 휴대폰 번호를 적은 사람을 거의 찾아볼 수 없다. 비서실에서 그렇게 만들어 주는 까닭이다. 불필요한 전화를 미리 차단하기 위해 그랬을 터. 과잉충성이 아닌가 생각한다.

장관급 인사와 부부 동반으로 점심을 했다. 최근 언론의 조명을 많이 받던 분이다. 얘기 끝에 명함이 화제에 올랐다. 그분은 명함에 사인과 휴대전화 번호를 남겨 놓았다. 직접 만들었다고 했다. "휴대전화 번호를 적어 놨어도 통화를 한 적이 없습니다. 문자 메시지는 더러 받았습니다." 그렇다. 보통 사이가 아니면 직접 전화를 걸지 않는다. 그럼에도 휴대전화 번호를 적지 않는 것은 결례다. 이처럼 작은 것에서도 그 사람의 인품이 읽혀진다.

입지전적 인물

옛날에는 초등학교만 나오고도 고위직에 오른 사람들이 있었다. 가정 형편 때문에 더 이상 진학할 수 없었다. 그럼에도 검정고시를 거쳐 방송통신대학, 야간대학을 나와 학력을 쌓았다. 우리 사회는 여전히 학력을 중시하는 경향이 있다. 이른바 SKY 등이 그것이다. 기업 CEO나 고위 공무원 중 명문대 출신 비율이 줄어드는 것은 바람직한 현상이다.

중앙부처 과장급 공무원과 점심을 함께했다. 모든 일에 열정적인 분이다. 나이는 50대 초반. 고시 출신이 아닌 것은 짐작하고 있었지만 고졸인 줄 몰랐다. 물론 정규 학력을 말한다. 1978년부터 공무원 생활을 했단다. 34년째 근무하고 있는 셈이다. 공무원의 정년은 만 60세. 40년 이상 근무할 게 확실하다. 얼마나 행복한 사람인가.

이런 사람들이 존경받아야 한다. 그러나 우리 사회는 칭찬과 평가에 인색하다. 내면보다는 외양을 더 보기 때문이다. 말단 공무원 가운데도 입지전적인 인물이 많다. 한 분야에서만큼은 최고 전문가로 인정받는다. 그 공무원 역시 인사 분야에 정통하다. 프라이드도 강하다. 그에게서 더 큰 장점을 발견했다. 매우 겸손했다. 실력에다 낮은 자세로 일관하는 한 대성이 기대된다.

형님 오늘 즐거웠습니다

형님과 아우님. 참 다정다감한 말이다. 우리말에는 이처럼 푸근함이 배어 있다. 많이 쓸수록 좋다. 나이를 따져 형님, 동생으로 호칭하면 훨씬 가까워진다. 물론 마음이 통해야 가능하다. 일방적이어서도 안 된다. 자칫 버릇없다는 얘기도 들을 수 있다. 아버지뻘 되는 분에게 '형님'이라고 부르는 경우다. 어느 선, 몇 살 차이까지 가능할까. 그 기준은 없을 터. 내 기준은 이렇다. 스무 살 터울까지 '형님'이라고 부른다. 그렇다고 무턱대고 아무에게나 형님이라고 하지 않는다. 먼저 상대방의 의사를 정중히 물어본다.

"제가 앞으로 형님으로 모시겠는데 괜찮겠습니까." 지금껏 퇴짜를 맞아본 적이 없다. 예를 갖춰 여쭤보는 만큼 "노"라고 하는 분은 없었다. 에피소드도 적지 않다. 열일곱 살이나 많은 전직 장관과 운동을 함께한 적이 있다. 내가 그분에게 '형님'이라고 호칭하니까 말리는 분이 있었다. 나중에 자초지종을 듣고 한바탕 웃었다.

"형님, 오늘 즐거웠습니다. 비도 오지 않아서 다행이었습니다. 조심해서 귀가하시고 내일 전화 올리겠습니다." 또 한 명의 동생이 생겼다. 조그만 출판사를 하는 친구다. 내가 했던 방식대로 '형님'을 제의해 왔다. "예스." 마다할 리가 있겠는가.

북한산 사모바위

산행은 언제나 즐겁다. 높은 산이든, 낮은 산이든 정상에 선 기분은 통쾌함 그 자체다. 올라본 사람만 맛볼 수 있다. 산꼭대기까지 오르려면 힘이 든다. 땀이 비 오듯 한다. 바로 하산하고 싶은 생각이 든다. 고지가 저긴데……. 목표가 있기에 다시 채비를 한다. 산은 거짓말을 하지 않는다. 중턱보단 정상의 전망이 훨씬 뛰어나다. 모든 것을 감싸 안은 듯한 포근함도 준다.

초등학교 친구 녀석과 북한산 사모바위에 올랐다. 이틀 전 약속을 했다. "별다른 일이 없으면 일요일 아침 10시 삼천사에서 만나자." 삼천사는 초입에 있는 사찰이다.

나는 초행길이라 친구가 앞장을 섰다. 그리 높지는 않았지만 오르막이 아주 심했다. 숨이 턱밑까지 차올랐다. 땀범벅이 됐다. 몇 번 쉬면서 올라갔다. 정상에서 사진을 찍어 또 다른 친구에게 전송했다. 바로 메시지가 날아왔다. "북한산 정상인가? 오르긴 힘들어도 정상은 항상 부러운 대상인가 보네. 너무나 좋구먼." 그렇다. 정상은 등산객에게 주는 신의 선물이다.

내려오는 길에 삼천사에 들렀다. 불전함에 보시를 하고 참배를 했다. 이어 식당으로 옮겨 맛있는 점심을 먹었다. 친구와는 올해 첫 산행. 집에 돌아오는 어깨가 한결 가벼웠다.

벌초하는 날

형제도 자주 만나지 않으면 멀어진다. 그래서 이웃사촌이 낫다는 말도 있다. 4촌, 6촌으로 내려가면 거의 남남이 되기도 한다. 거의 만나지 않는 까닭이다. 애경사까지 챙기지 않으면 몇 년에 한 번 볼까 말까 하는 정도다. 이런 경우 남보다 나을 게 없다. 요즘은 친가보다 처가 쪽과 가깝게 지내는 경향이 있다. 삼촌, 고모보다 외삼촌, 이모가 훨씬 가까운 것이다.

우리 사촌은 연(淵)자 항렬이다. 아버지 형제는 4남4녀. 친가쪽 4촌 남자만 12명이다. 한 집에 아들이 3명씩 있다. 모두 결혼했다. 제일 큰 형이 58세. 막내가 42세다. 12명이 이 사이에 있다. 1980년대 중반 4촌끼리 모임을 하나 만들었다. 비연회(飛淵會)가 그것이다. 이름은 돌림자를 땄다. 직장에 들어가면 자동적으로 월 회비를 납부한다. 회비도 적잖이 모았다. 비연회의 가장 큰 행사는 벌초다. 양력으로 8월 마지막 주 토요일 날 고향 선산에 모인다. 전국에 흩어져 살고 있는 사촌들이 모두 참석한다. 승용차만 12대. 온 가족이 참석하다 보니 40~50명은 족히 된다. 이날만큼은 빠지는 사람이 없다. 제사를 지낸 뒤 묘지를 깨끗하게 깎는다. 그리고 함께 모여 점심 식사를 한다. 생각만 해도 가슴 뿌듯하다.

초면이라 반말도 못하겠네유

우리나라 말은 참 정겹다. 외국인들은 한국어를 배우기 어렵다고 한다. 그러나 한글은 세계 어디에 내놓아도 손색이 없다. 정말 감사한 마음으로 우리 언어를 사용해야 한다. 특히 사투리는 더욱 감칠맛이 난다. 좁은 땅덩어리임에도 지역마다 특색이 있다. 경상도 말, 전라도 말, 충청도 말, 제주도 말. 강원도 만은 서운 말씨와 크게 다르지 않다.

시골 친구 어머니가 돌아가셔 고향엘 다녀왔다. 난 충남 보령에서 태어났다. 그곳에서 초등학교 5학년까지 다녔다. 보령시 청라면은 여전히 마음의 고향이다. 대천역에 내려 택시를 탔다. "어서 오슈. 어디로 모실까유." 기사분이 구수한 충청도 사투리로 맞이한다. 기사와 이런 저런 얘기를 나눈다. 그 기사는 나의 초등학교 1년 후배였다. "저보다 형님이네유. 잘 다녀오슈."

문상을 마치고 택시를 불렀다. 또 다른 기사분도 초등학교 4년 선배였다. "청라는 떠나왔슈. 이제는 대천에서 살아유." 같은 시골인데도 대부분 시내로 나온다. 농촌이 공동화되는 까닭이나. 몇 마디 나누니까 금세 가끼워졌다. 택시 요금도 깎아줬다. "내가 선밴데 초면이라 반말도 못 하겠네유." 대천역에 다다르자 아쉬운 듯 말을 던졌다. 두 동창의 사투리가 귓가를 맴돈다.

영혼이 맑은 사람

피부색만큼이나 여러 종류의 사람이 있다. 우리의 무대는 사람 사는 세상이다. 누구도 혼자 살 수는 없다. 부대끼더라도 사람과 어울려 살아야 한다. 좋은 사람이 있다면 나쁜 사람도 있을 것이다. 가까이하고 싶은 사람, 멀리하고 싶은 사람 등. 그중에서도 나는 영혼이 맑은 사람을 가장 좋아한다. 내가 만나는 모든 사람들을 그렇게 믿고 있다. 선입견 없이 만나는 이유다. 블로그를 검색하다가 뜻밖의 댓글을 발견했다. "늘 좋은 글로 쉼과 힘을 얻습니다. 저는 회사가 광화문 세종문화회관 뒤편이라 시청역에서 광화문역까지 걸어서 출근을 하는데요. 그때마다 광화문의 풍경은 너무나도 사랑스럽습니다. 요즘처럼 상쾌한 날씨에는 더더욱이 행복한 맘이 가득합니다. 국장님도 가까운 곳에 계시니 느끼시겠죠. 사회 선배님으로, 한 가정의 아버지로, 배우자로 중심이 바로 서 있는 국장님. 존경합니다."

필경 나를 아는 사람 같았다. 그래서 내 연락처를 담은 답글을 남겼다. 몇 시간 지나지 않아 메일이 왔다. 광화문 근처 금융회사에 다니는 여직원이었다. 블로그를 통해 알았단다. "일 년 중 며칠 안 되는 이 좋은 계절이 다 지나기 전에, 영성이 비슷한 투명한 분들을 만나는 복을 누리시기를 바랍니다." 또 다른 댓글이다.

30년 만의 강릉행 버스

여행은 언제나 즐겁다. 일상에서 벗어나 자유로움을 만
끽할 수 있다. 단조로움도 피할 수 있다. 가서도 좋지만, 준
비할 때부터 가슴이 설렌다. 모든 사람들이 여행을 좋아하는
이유일 게다. 주 5일제가 되어도 시간을 내기 쉽지 않다. 애
경사 참석, 주례 등 이런 저런 일들이 많다.

모처럼 지인들과 1박 2일로 강원도에 다녀왔다. 강남 고
속버스 터미널에서 강릉행 고속버스를 탔다. 일행 4명은 먼
저 승용차편으로 출발하고 나만 나중에 합류했다. 버스는
30년 만에 타봤다. 1981년 대학 다닐 때 한 번 가본 경험이
있다. 산천은 그때나 지금이나 변함이 없었다. 강원도의 산
은 여전히 아름답다. 더 멋진 수채화가 있을까. 세계 어느 나
라를 다녀 봐도 우리나라 산만큼 다정하게 다가오는 산은 없
다. 정말 복 받은 나라다. 이 자연 그대로를 후손들에게 물려
줘야 한다.

주문진을 지나 남애항에서 저녁을 먹었다. 도회지에서 맛
볼 수 없는 음식이 나왔다. 자연산 회는 감칠맛을 더했다. 소
주까지 곁들이니 신선놀음이 따로 없었다. 바닷가의 야경 또
한 우리를 맞이해 주는 것 같았다. 돌아오는 길에 오대산 월
정사를 들렀다. 언제 가봐도 고즈넉하다. 그렇게 가을을 즐
겼다.

친구도 돈 있어야 오래 간다

모든 게 돈이 좌우하는 세상이다. 서글프지만 엄연한 현실이다. 결국 인생의 목표도 그것이 돼버렸다. 그 가치는 점점 커지면 커졌지 작아지지는 않을 것이다. 오죽했으면 '돈이 없으면 좋겠다'는 유서를 남기고 스스로 목숨까지 끊을까. 다시 말해 돈이 그만큼 중요하다는 얘기다. 모든 사람이 똑같이 가지면 좋으련만 그렇지 못해 안타깝다.

시골 초등학교 친구가 회사 가까운 곳에서 조그만 사업을 하고 있다. 아주 성실한 친구다. 가끔 만나 점심을 한다. 강남의 3인조 얘기를 했다. 무슨 말이냐고 물었다. 강남에서는 친구 3명이 한 조가 돼 움직인다고 했다. 한 명은 부자, 다른 한 명은 제 밥값 내는 사람, 또 다른 한 명은 부자 심부름을 해주는 사람. 이처럼 두 명은 심심하고, 세 명이 몰려다닌다는 것. 즉 부자가 가난한 사람의 밥값을 내주면서 어울린다고 했다. 따라서 셋 다 밥값을 하는 셈이다.

웃지 못할 에피소드다. 실제로 돈이 없으면 친구를 만나기도 어렵다. 밥을 얻어먹는 것도 한두 번이다. 남이 서너 번 사면 나도 한 번은 사야 한다. 그렇지 못하면 아무리 친한 친구 사이도 멀어진다. 돈이 치사하더라도 악착같이 벌어야 하는 이유랄까.

　　한 포럼 세미나에서 처음 그를 만났다. 속초 바닷가의 한 횟집. 소주잔을 기울이며 서로를 살폈다. 금세 의기투합. 바로 말을 놓았다. 그는 기업의 오너였다. 나는 남들이 별로 좋아하지 않는 기자. 잘 어울릴 수 없는 조합이다. 그런데도 우리는 통했다. 쉰이 넘어 만난 친구다. '둘이 연애하느냐'는 말을 들을 정도로 가까워졌다. 진한 우정이랄까.

　　"내일이 우리가 처음 만난 지 꼭 1년 되는 날일세. 먼저 고맙다는 말을 전하겠네. 지난 1년간 만남이 너무 아름다웠어. 바쁜 가운데서도 시간을 쪼개 배려해 주고. 일일이 열거할 수도 없네. 자네는 늘 자랑스러워. 내가 많이 부족하지. 아름다운 만남이 이어질 수 있도록 노력하겠네. 자네를 만날 때마다 자극을 받고 있어. 최고의 스승이지. 쉰이 넘어 벗을 얻었으니 아무것도 부럽지 않네. 우리 함께 최고가 되세." 내가 그 친구에게 보낸 메일이다. 친구는 바로 답을 보내왔다. "친구는 삶의 실천성이 일치하고 더불어 목숨과도 바꿀 만큼 두터운 신뢰가 있어야지. 상대를 배려하는 마음 깊이 존경하네. 고맙고, 감사하네." 여전히 배려심이 깊고 겸손하다. 특히 친구지간에도 신뢰는 중요하다. 믿음이 깨지면 그만이다. 우정과 신뢰를 거듭 되새긴다.

어느 페친과의 만남

어느 페친을 만났다. 페이스북에서 만난 친구와 인연을 맺기는 처음이었다. 6시 30분에 만나기로 했는데 그분이 나보다 먼저 와 계셨다. 내가 도착한 시간은 정확히 6시 23분. 그분은 6시 5분쯤 오셨다고 했다. 우선 미안한 기분이 들었다. 수인사를 먼저 했다. 그다음 명함을 주고받았다. 예상했던 대로 시원한 분이셨다. 전혀 낯설지도 않았다. 평소 잘 알고 지내는 형님 같았다.

1차에서는 와인 3잔과 맥주 한 병씩 마셨다. 2차 자리를 옮겼다. 폭탄주를 7잔씩 마셨다. 또 그냥 헤어지기 섭섭했다. 3차까지 이어졌다. 또 폭탄주. 밤 11시쯤 집에 와서 안부를 주고받았다. 또 다시 만나기로 하면서. 그분은 그 사이 페이스북에 사진을 올렸다. 누가 봐도 다정다감한 친구 같았다. 그분은 나보다 다섯 살 위. 처음 뵀었지만 바로 형님으로 호칭했다. 페이스북이 나에게 가져다 준 첫 선물이었다. 사람보다 더 값진 선물이 있겠는가. 그것도 마음이 통하는 사이라면 금상첨화다. 이젠 자주 연락을 주고받는다. 전화 통화는 물론 메시지가 중개 역할을 한다. 문명의 이기에 거듭 고마울 뿐이다. 서로의 동선을 쉽게 파악할 수 있다. 페이스북의 장점 아니겠는가. 아직 가입하지 않았다면 이제라도 페이스북과 친해지면 좋겠다.

형님 제가 잘 모실게요

출판사를 하는 후배와 점심을 함께했다. 내 에세이집 《사람풍경 세상풍경》《그래도 행복해지기》 등 2권을 내줬다. 고맙지 않을 수 없다. 나이는 67년생. 나보다 일곱 살 어리다. 학사장교 출신으로 애국심이 투철하다. 출판업이 어려운데, 어느 정도 안정권에 접어들었다. 지난해 출간한 책은 수십 권. 요즘 하루 주문은 수배 권에 이른단다.

둘이 만나서 소주 4병을 마셨다. 점심 때 마신 주량으론 적지 않다. 이어 자리를 옮겨 커피를 마셨다. "형님, 제가 잘 모실게요." 말만 들어도 힘이 솟는다. 그 같은 동생이 있기에 세상은 살맛 난다. 이런 날만 계속된다면 무슨 걱정이 있을까. 사람은 진득해야 한다. 한 번 본 것으로 판단하면 안 된다. 그 후배와도 그랬다. 그냥 점심 한 번 먹는 것으로 그쳤다면 오늘이 없었을 것이다.

그 후배는 한 달에 두세 번꼴로 회사에 찾아온다. 나보다 훨씬 바쁜데도 시간을 낸다. 쉽지 않을 터다. 때문에 더 고마움을 느낀다. 아내와 아들에게도 후배 얘기를 했다. "아빠, 그분이 정말 지인인 것 같아요." 아들 녀석이 훈수를 둔다. 나 역시 그렇게 느끼고 있다. "자주 찾아오게. 소주나 한잔하지." 내가 그에게 건네는 덕담이다. 우정을 생각하는 하루다.

어느 후배의 비보

가장 슬픈 게 뭘까. 사랑하는 사람과의 이별일 것이다. 먼저 부모님이 세상을 떠난다. 죽음 앞에 모두가 불가항력이다. 누구나 한 번은 겪게 된다. 시간, 순서의 차이만 있을 뿐이다. 발버둥 친다고 피해갈 수 없다. 그렇다고 포기해선 안 된다. 살아야겠다는 의지가 중요하다. 그로인해 기적이 일어나기도 한다.

아침 신문을 보다가 한 후배의 비보를 접했다. 투병생활을 하고 있는 것은 알고 있었지만 그렇게 빨리 세상과 하직할 줄 몰랐다. 매우 강직한 친구였다. 자신의 모습을 보여주기 싫었는지 입사 동기들과도 연락을 끊었다고 했다. 얼마나 번민을 했겠는가. 사회생활을 하면서 동기만큼 가까운 사람도 없다. 그들과의 이별을 생각하면서 하염없이 눈물을 흘렸을 터. 안타깝기 짝이 없다.

출근해 보니 회사도 슬픔에 잠겨 있었다. 삼삼오오 모여 고인에 대해 한두 마디씩 했다. 좋은 추억들을 간직하고 있었다. 나에게도 친절한 후배였다. "오 선배! 잘 지내셨죠. 한번 놀러 내려오세요." 언제나 상냥했다. 하지만 상가가 전라도 끝이라 문상도 어려웠다. 대표로 몇 명밖에 갈 수 없었다. 약간의 조의금을 전달하는 게 마지막 예의였다. 나 또한 마찬가지였다. 후배여! 하늘나라에선 편히 쉬소서.

인터넷이 35년 전 친구를 찾아주다

"오 기자님! 아니 오풍연 친구! 기억나시겠소? 나 대전 중앙중학교 3학년 5반 동창 성○○이오! 반갑습니다. 아고라에서 눈팅하다 우연히 님의 글을 보게 되고 사진을 보니 머리만 조금 변색되었지 옛 모습 그대로군. 난 지금 대전에서 통신회사(KT)에 아직 근무 중이오. 물론 친구도 아직 현직에 있을 테고……."

점심식사를 마치고 컴퓨터를 들여다봤다. 쪽지가 한 개 도착해 있었다. 보통 스팸으로 생각하고 지워버린다. 그런데 왠지 열어보고 싶었다. 35년 전 중학교 졸업 후 한 번도 만나지 못한 친구가 보낸 것이었다. 솔직히 나는 몇 반이었는지도 기억나지 않았다. 너무 무심한 탓일까. 모든 것을 잊고만 살아온 듯싶다. 순간 미안한 마음도 들었다. 다행히 친구가 전화번호를 남겨 놓아 바로 통화를 했다. 정말 반가웠다. 그 친구는 나를 생생하게 기억하고 있었지만, 난 그렇지 못했다. 쪽지에서 친구의 근황은 이어진다. "난 1남 1녀에 와이프와 어머니 모시고 대전에서 그냥그냥 살고 있어. 아들놈은 대학 1학년 마치고 1월 4일 육군에 가고 딸내미는 올해 2월 대학졸업하고 여군학사 장교 시험 봤는데 2차합격하고 마지막 3차 발표 기다리고 있어."

사는 게 별반 다르지 않다. 그것이 또한 인생이다.

인재 아빠 정말 발이 넓은가 봐

콩 한 쪽도 나눠 먹으라고 했다. 우애와 성의를 생각해서일 것이다. 음식은 함께 나눌수록 더욱 맛있다. 예로부터 손이 커야 잘 산다고 했다. 남에게 베풀라는 뜻이다. 구두쇠들은 절대로 주지 못한다. 음식을 쌓아놓고 썩을지언정 적선에 인색하다. 반면 지지리 가난한 사람도 나눔을 실천한다. 마음만큼은 부자 못지않기에 존경받는다.

얼마 전 경북 구미에 살고 있는 주부에게서 연락이 왔다. 늦장가를 간 남동생이 딸아이를 낳았는데 이름을 지어줄 수 있는 지 물었다. 내 졸저를 모두 읽은 그가 '작명'이라는 글을 보고 나를 떠올렸단다. 몇 번 이름을 지어준 적이 있기에 '그러겠다'고 답했다. 음양오행설을 따져 '다희(多姬)'와 '지혜(智慧)'라는 이름을 지어 보냈다. 다행히 이름이 마음에 든다는 연락을 받았다.

그 뒤 주부에게서 전화가 왔다. "이름은 그냥 받는 것이 아니랍니다. 친정아버님이 조그만 성의를 표시할 겁니다." 거듭 고사를 했다. 그런데도 경북 청송에 살고 계신 어른께서 두릅과 고춧가루를 보내왔다. 물론 자연산이다. 전화를 드려 '잘 먹겠다'며 사의를 표시했다. 아내의 선배 언니에게도 두릅을 돌렸다. "인재 아빠 정말 발이 넓은가 봐." 뿌듯한 날이었다.

소녀 같은 원로

사람에게도 냄새가 난다. 향기가 나는 사람이 있는 반면 근처에 가기 싫은 사람이 있다. 물론 각자 취향에 따라 다르다. 꽃이 정말 예뻐도 악취가 난다면 어떨까. 가까이 갔다가도 몸을 뺄 것이다. 사람도 그렇다. 겉보기에는 점잖고 예의가 있어 보이는데 실제로 그렇지 않다면 기피대상이 될 터. 몸과 마음을 갈고닦아야 향기가 나는 법이다.

칠순에 가까운 나이에도 왕성한 활동을 펼치고 있는 여류 인사를 만났다. 대통령직인수위원장에다 여대 총장을 15년이나 지낸 분이다. 먼발치에선 몇 번 뵌 적이 있지만 직접 대면하기는 처음이었다. 그분의 사무실을 방문했다. 접견실로 안내받아 먼저 들어갔다. 잠시 후 밝게 웃는 모습으로 들어왔다. 처음 뵙는데도 전혀 낯설지가 않았다. 그분도 '그렇다'고 했다.

정확히 오후 4시 57분에 들어갔다가 5시 53분에 나왔다. 한 시간가량 대화를 나눈 셈이다. 시간이 어찌 흘렀는지 모른다. 비서실장이 다음 일정이 있다고 알려준 다음에야 자리를 떴다. 그분에게서는 마치 소녀와 같은 냄새기 났다. 전혀 물들지 않은 순수함을 그대로 간직하고 있었다. 초심을 잃지 않은 듯했다. 문밖까지 배웅도 해주었다. 이처럼 향기 나는 분이 있기에 살맛 난다.

작가의 바람

연예인은 인기를 목말라 한다. 시청자들의 반응에 따라 대접이 달라지기 때문이다. 그래서 인기를 좇기 위해 별별 짓을 다한다. 심지어 자작극(?)까지 벌인다. 그래도 안 되면 자살이라는 극단적 선택을 해 주위를 안타깝게 한다. 그렇다면 작가는 어떨까. 다르다고 할 수 없다. 얼마 전 한 무명작가의 죽음이 여러 가지 시사점을 던져주었다. 우리 사회는 잠시 관심을 갖다가 곧 잊어버린다. 무수한 일들이 일어나는 까닭이다.

2011년 4월 네 번째 에세이집 《사람풍경 세상풍경》을 냈다. 매번 그렇듯 독자들의 반응이 가장 궁금하다. 책을 보지 않는 세상이기에 더욱 마음을 졸이게 한다. 전업 작가가 아닌 나도 그럴진대 그들은 얼마나 노심초사하겠는가. 작가들에게 독자들은 꿀맛과 같다. 한 사람이 수백 권씩 책을 구입해주는 것보다 한 명 한 명의 독자가 훨씬 소중하다. 이른바 팬을 확보할 수 있어서 그렇다.

최근 꽤 유명한 방송인 겸 출판평론가에게서 메시지를 받았다. "오늘 오후에 차분히 책을 읽었습니다. 그 아름답고 소담한 풍경 속에 제가 있어서 분에 넘쳤지만 행복했습니다. 고맙습니다." 물론 그 방송인도 주인공으로 등장한다. 그러나 내가 더 행복했다. 메시지를 받은 퇴근길이 무척 가벼웠다.

아름다운 노총각

서울 태평로 회사 근처에 유명한 이태리 식당이 있다. 장안에서 맛으로 소문난 집이다. 2대째 이어져오고 있다. 70년대 중반에 문을 열었다고 하니 40년 가까이 된 셈이다. 정·재계 인사 가운데 단골이 많다. 이병철 전 삼성그룹 회장도 빼놓을 수 없다. 물론 예전에 비해 손님이 많은 편은 아니다. 그래도 전통의 맛과 분위기는 그대로 유지하고 있다.

나도 25년째 드나들고 있다. 직원들은 언제 봐도 친절하다. 주말에 가족과 함께 갔는데 팔순을 넘긴 사장님이 안 보였다. 편찮으신 줄은 알고 있었지만 요즘 들어 부쩍 고생을 하고 계시다고 했다. 홀에서 직접 일하는 아들이 얼마 후 방에 들어왔다. 그는 마흔 살을 넘겼는데 아직 결혼을 하지 않았다. 아버님은 그 아들을 늘 걱정했다. 사우나에서 가끔 뵈면 "○○이 짝 좀 찾아줘"라고 부탁하곤 했다. 짝 찾기가 생각처럼 쉽지 않은 것이 현실이다.

그 친구는 분가해 살고 있었다. 아버님과 어머님 얘기를 할 때 눈가가 붉어지기도 했다. "다시 집으로 들어왔습니다. 몇 달 됩니다. 두 분을 보살펴 드리려고요." 나는 그의 손을 꼭 잡았다. "정말 잘했습니다. 살아 계실 때 효도를 해야 합니다. 돌아가시면 아무 소용이 없어요." 그 착한 청년은 분명 좋은 짝을 찾을 게다.

여러분도 1등 할 수 있습니다

젊음은 언제 봐도 싱그럽다. 풋풋하기까지 하다. 2011년 5월 25일. 경북 경산시 자인면에 있는 대경대학에서 특강을 했다. 규모가 그리 큰 편은 아니지만 학교가 아주 예쁘다. 설립자인 이 대학 총장이 심혈을 기울여 가꾼 결과다. 국내외 대학에서 벤치마킹하러 방문한다. 내가 찾아간 날도 일본미용전문학교와 호주에서 손님이 와 있었다.

무엇보다 이 대학 학생들의 표정이 밝다. 낯선 어른에게도 반갑게 인사를 건넨다. 모두가 그렇다. 그들은 자기가 하고 싶은 일을 배우기 위해 이 학교를 선택했다. 맞춤형 직업 교육을 한다. 그래서 취업률도 전국 1위다. 그런 만큼 자부심도 대단하다. 4년제 정규 대학생 이상의 프라이드를 갖고 있다. 정원을 채우지 못해 애를 태우는 여타 지방대학과 사뭇 다르다.

강의실에 들어섰더니 200여 명의 학생이 자리를 꽉 메우고 있었다. 오후 2시 강의를 시작했는데 조는 학생도 거의 없었다. 《사람풍경 세상풍경》의 저자로 초대를 받았다. "여러분도 1등을 할 수 있습니다. 분야에서 꼭 1등을 하십시오. 2등은 의미가 없습니다." 안 될 이유는 100가지도 더 댈 수 있는데, 1등은 할 수 있다는 자신감밖에 없다고 강조했다. 그들의 눈에서 자신감이 읽혀졌다.

청출어람

스승이 가장 바라는 것이 뭘까. 제자의 성공을 지켜보는 것일 게다. 아무리 훌륭한 사람도 스승이 있다. 배우지 않고 혼자 일어서는 것은 사실상 불가능하다. 그런데도 스승의 은혜를 쉽게 잊어버린다. 자기가 잘나서 성공한 줄 안다. 스승은 그런 제자까지 감싼다. "내가 뭐 가르친 게 있나요. 그 친구가 워낙 머리가 좋고 똑똑해서 성공한 것이지요." 우리네 스승은 늘 이랬다.

청출어람(靑出於藍)이란 말이 있다. 쪽에서 나온 물감이 쪽보다도 더 푸르다는 뜻이다. 제자가 스승보다 나을 때 일컫는 말이다. 스승은 제자가 자기를 뛰어넘기를 바란다. 문명의 발달도 이런 과정을 통해 하루가 다르게 진화하고 있다. 학교에 다닐 때만 스승이 있는 것이 아니다. 사회에 나와서도 얼마든지 좋은 스승을 만날 수 있다. 인생 멘토랄까. 나의 인생 귀감이 되면 그 이가 바로 스승이다. 몇 해 전 데리고 있던 후배가 대기업으로 옮겼다. 아주 성실한 친구다. 책임감도 강하다. 그가 몸담고 있는 분야의 최고 책임자를 만났다. "○○○부장은 우리 회사의 부배입니다. ○부장이 있어 이 정도 굴러간다고 생각해요. 좋은 후배를 보내줘서 고맙습니다." 진심으로 하는 말투였다. 그 후배가 현관까지 따라와 배웅했다. "더 열심히 하게." 그의 뒷모습도 아름다웠다.

복 받은 그들

흔히 터 얘기를 많이 한다. 풍수지리설에 입각한 명당을 선호하는 것이다. 그래서 조상 묘에 신경을 쓴다. 재벌이나 고위인사일수록 더 따진다. 훌륭한 지관을 모시고 전국을 누빈다. 대대손손 복을 받을 수 있다면 장소를 따지지 않겠다는 의도다. 묘지 뿐만 아니라 사무실, 집터도 그렇다. 특히 인재는 나오는 곳에서 또 배출된다. 신기할 따름이다.

지인의 상가에 들렀다. 그 곳에서 다수의 검찰출신 인사를 만났다. 장관, 검찰총장을 지낸 분들과 동석을 했다. 나도 1987년부터 검찰 출입을 했던 터라 자연스럽게 어울렸다. 내가 먼저 말을 꺼냈다. "80년대 후반 서울지검 특수3부는 별난 것 같아요. 부장 포함 4명 가운데 2명은 장관, 1명은 검찰총장, 1명은 차관급을 지냈잖아요." 당시 검찰청사는 서소문에 있었다. 다른 동석자들이 귀를 쫑긋했다. 그러더니 고개를 끄덕였다.

실제로 그들 4명은 서로를 끌어 주었다. 4명 모두 검사장급인 법무부 기획관리실장을 했다. 3명은 법무차관도 지냈다. 나머지 1명은 기획관리실장을 끝으로 검찰을 떠났었다. 가장 잘 나갈 때 공직을 마감했지만, 국가정보원의 2인자 자리를 역임했다. 그들이 지금까지 부부 동반 모임을 계속해 오는 연유일지도 모른다.

노년의 행복

　　베이비붐 세대의 고민이 크다. 이미 은퇴한 사람들도 적지 않다. 현직에 있더라도 불안하다. 언제 명퇴 대상이 될지 모른다. 아직 힘과 정열이 넘치는 데도 찬밥 신세다. 경륜은 도외시한 채 젊은 사람만 선호하는 분위기 때문이다. 대부분의 직장이 그러하니 탓할 수만도 없다. 자기 스스로 대책을 세워야 할 판이나. 그러나 뾰족한 수가 없어 눈앞이 캄캄하다. 아무리 머리를 짜내려고 해도 제자리에서 맴돈다.

　　고교 대선배와 점심을 함께 했다. 저명한 헌법학자로 대학 강단을 떠난 지 오래 됐다. 우리 나이로 76세. 건강관리를 잘 하셔서 60대 초반쯤으로 보인다. 무엇보다 현직에 몸담고 있어 부러움을 산다. "이 나이에 관용차를 타는 사람은 나밖에 없을 겁니다. 친구들이 밥이나 자주 사라고 합니다. 저는 아주 행복합니다." 실제로 그렇다. 그 선배는 행정, 사법부를 통틀어 최고령 현역이다. 대법원장과 헌법재판소장의 정년도 70세다.

　　일만큼 중요한 게 없다. 더욱이 나이 들어서 할 일이 있다면 더 이상 무엇을 바라겠는가. 하지만 노인의 일자리는 하늘의 별따기다. 정년 연장 등 무슨 대책이 나와야 한다. 국가적 대사인데도 뒷짐을 지고 있는 정부가 원망스럽기까지 하다.

남편이 예뻐 죽겠어요

모처럼 국군 부사관들과 시간을 가졌다. 전군 65만 명 중에서 선발된 60명이 그들이다. 평균 군 복무기간은 20~30년 안팎이다. 청춘을 국가에 바치고 전역을 앞둔 이들이 많았다. 부사관의 정년은 만 55세. 1976년에 입대한 원사도 5명이나 됐다. 무려 35년을 복무한 셈이다. 그들이야말로 진정한 영웅이다. 장교처럼 화려하진 않아도 묵묵히 일해 온 것이다.

이번에 선발된 부사관들은 부부 동반으로 초대됐다. 국군 최고통수권자인 대통령과 기념촬영도 함께했다. 국가도 그들에게 최고의 대우를 해줬다. 청와대 영빈관 오찬 역시 같은 맥락이다. 부사관들의 표정은 하나같이 밝았다. 여한이 없는 눈치였다. 아내들도 마찬가지였다. 남편들을 한없이 사랑스런 눈빛으로 쳐다봤다. 행복이 느껴졌다.

나도 헤드테이블에 앉아 몇몇 원사 부부들과 대화를 나눴다. 군에 대한 긍지와 자부심이 대단했다. 아들이 아버지의 대를 이어 장교가 되거나 부사관의 길을 걷는 가족도 있었다. 한 원사의 부인이 말했다. "남편이 예뻐 죽겠어요. 노후 걱정은 하지 않습니다." 전역하면 한 달 연금이 260만 원가량 된다고 했다. 직업군인에 대한 인기가 치솟는 이유인지도 모르겠다.

치매노인 복지

할머니, 할아버지들이 참 많다. 장수국가로 진입하는 단계라서 그럴 게다. 사람이 오래 사는 것은 반가운 일이다. 선진국에 들어왔다는 징조이기도 하다. 1주일에 한 곳 이상 장례식장을 찾는다. 관심이 있어 고인의 연세를 물어본다. 나이를 가장 적게 먹은 분이 84세였다. 아흔 안팎이 많았다. 예전엔 장수하는 남자들이 적었는데 요즘은 그렇지도 않았다.

이렇게 된 데는 국가의 보살핌 덕이 있었던 것 같다. 한 모임에서 출산 및 육아문제가 나왔다. 정부의 지원이 부족하다는 점도 지적됐다. 정부 고위직 출신 변호사가 느닷없이 노인 복지 얘기를 꺼냈다. "우리나라의 노인 복지는 좋은 것 같습니다. 모시고 있는 아버님이 치매에 걸리셨는데 구청에서 해결해 줍니다. 비용도 아주 저렴하고요." 의아한 듯 모두 그를 쳐다봤다. 그러자 설명을 덧붙였다. "개인 부담은 7분의 1이고, 나머지는 정부에서 부담합니다. 한 달에 10만 원가량 들어갑니다." 나 역시 처음 듣는 얘기였다.

노인들은 정말 외롭다. 게다가 병까지 들면 희망을 잃게 된다. 특히 치매 노인의 경우, 대책이 없는데 정부가 책임져 준다니 얼마나 다행인가. 몰라서 혜택을 못 받는 계층이 많다. 노인을 부양하는 자손들이 유념해야 할 대목이다.

　　"인생의 비전에 대해서 말씀해 주십시오. 제 꿈은 자동차딜러로 판매왕에 올라 서울에서 사는 것입니다. BMW를 타며 돈 걱정 없이 살고 KTX를 타고 목포에 부모님과 동생들을 만나러 가고 가정경제에 도움을 주고 동생들 한참 멋 부리고 놀 때 용돈도 많이 주고 뭐 이런 등등 소소한 꿈이 있습니다. 그러기 위해서는 꿈이 실현되는 분명한 이미지가 머릿속에 있어야 하며 도전과 실패를 반복해야 한다고 생각합니다. 그렇게 알고 있기는 하지만 녹록치 않은 현실 때문에 실패하는 이미지가 더욱 강하게 작용할 때가 많습니다. 제가 하고자 하는 대로 살아가면 저는 성공할 수 있을까요? 1등은 할 수 있는 자신감밖에 없다고 강조하셨는데 뚝심으로 꿈 플러스 도전으로 살아간다면 제가 바라는 정상에 도달할 수 있을까요?"

　　지방에 있는 대학의 한 학생으로부터 받은 메일이다. 자동차딜러과 11학번이란다. 스무 살쯤 됐을 법하다. 결론적으로 말해 그 학생은 비전이 보인다. 꿈과 도전정신을 버리지 않는 한 성공 가능성은 열려 있다. '자동차 판매왕'. 그 학생의 꿈이 이뤄지길 진심으로 빈다. 그래서 답장을 보냈다. "지금처럼 자신을 연마한다면 1등을 할 수 있습니다. 기대가 큽니다."

음악이 흐르는 화장실

한국 사람들은 정말 재주가 많다. 복 받은 민족임에 틀림없다. 머리도 뛰어나고, 외모도 훌륭하다. '한류'를 만들어내는 원천일 게다. 그러다 보니 세계 최고도 적지 않다. 우리는 한국인이 훌륭한 것을 잘 모른다. 겸손함 때문일까. 모든 외국에서 한국을 부러워한다. 자랑스러운 일이다.

우리나라의 화장신을 내세우고 싶다. 사람들이 가장 많이 이용하는 고속도로 휴게소 화장실을 보라. 수천, 수만 명이 사용하는 데도 청결하다. 흠을 잡기 어렵다. 모처럼 한국에 온 외국인들도 혀를 내두른다. 수십 개 나라를 다녀봤지만, 공중화장실은 우리나라가 으뜸이다. 그래서일까. 화장실 문화를 배우러 오는 외국 관리도 많단다. 어떤 화장실이든 음악이 흐른다. 이용객들은 청결함에 뿌듯하고, 음악에 취한다.

시인과 강남에서 점심 약속을 했다. 복요리를 전문으로 하는 집이다. 물론 맛도 일품이다. 그보다 화장실이 더 눈에 띄었다. 남자 화장실 소변기 위에 자그마한 스테레오가 있었다. 거기서 낯익은 라디오 DJ의 목소리와 함께 음악이 흘러나왔다. 반가운 마음이 앞섰다. 손님을 배려하는 주인의 정성이 배어 있었다. 손님들이 이 집을 단골로 다시 찾는 이유 아닐까.

평창의 추억

강원도 평창. 인구 4만4000명의 조그마한 도시다. 천혜의 자연경관을 자랑한다. 그 도시가 세계의 스포트라이트를 받았다. 2018년 동계올림픽 개최지로 확정된 것. 2011년 7월 7일은 대한민국 전 국민에게 뜻 깊은 날이다. 3번의 도전 끝에 거둔 결과여서 그 의미를 더해줬다. 은근과 끈기. 한국인이 내세울 수 있는 덕목이다. 거기에 투표권을 쥔 IOC 위원들도 감동하지 않았을까.

평창은 나와 우리 가족에게도 추억이 많은 곳이다. 친형제처럼 지내는 분이 그곳에 계세 자주 놀러가곤 했다. 얼마 전 제대한 아들 녀석이 초등학교에 다닐 때부터였다. 장모님과 아내도 평창에 간다고 하면 무척 설레곤 했다. 한 여름에도 서늘할 정도로 지대가 높다. 볼거리, 먹을거리도 많다. 그럼에도 덜 알려졌었는데 이번 개최지 확정을 계기로 한 단계 도약할 듯싶다. 초저녁잠이 들었다가 자정쯤 깨었다. 텔레비전을 보니 남아공 더반에서 현지 생중계를 하고 있었다. 평창이 확정되는 순간 나도 전율을 느꼈다. 그때 바로 전화를 들었다. 평창에 계신 지인께 축하 겸 위로 인사를 하기 위해서였다. "형님, 이제 일이 잘 풀릴 것 같습니다. 힘내십시오." 일이 잘 안 풀려 고생하고 있는 참이었다. "동생, 고마워." 형님의 재기를 아울러 빈다.

여자 친구, 남자 친구

사람은 감정의 동물이라고 한다. 그것에 특히 민감하다. 이성에 의해 조절될 뿐이다. 인간만이 가지고 있는 특성이다. 다른 동물들은 그렇지 못하다. 수컷과 암놈. 부딪치면 바로 교미하려고 한다. 자연스러운 현상이다. 사람도 다르지 않다. 남녀가 만나면 사랑이 싹트고, 발전하면 섹스를 하는 단계에 접어든다. 인간이 가지고 있는 본성 때문에 그렇다.

남녀 사이에 친구는 없다고 한다. 섹스 파트너로 더 인식된다. 청춘 남녀 사이엔 문제가 없다. 서로 사귀다가 마음이 맞으면 결혼도 한다. 문제는 가정을 가진 남녀의 외도다. 모든 게 길면 꼬리가 잡힌다고. 외도도 지속되면 발각되기 마련이다. 그 경우 가정이 온전할 리 없다. 가정 파탄에, 이혼으로 남남이 되기도 한다. 아주 불행한 일이다.

여자 친구, 남지 친구가 있다고 자랑하는 사람들이 많다. 물론 이성을 말한다. 정말 그럴까. 보통 의지가 강하지 않고선, 이성 친구 관계는 성립하지 않는다. 자주 만나면 상대방이 이성으로 느껴지기 때문이다. 아니라고 하면 거짓이다. 친구 관계가 성립되려면 분명한 게 있다. 선이다. 절대로 넘지 말아야 할 선을 넘으면 안 된다. 이성 친구를 다시 한 번 생각해 보라.

관심

　　사람들은 남의 일에 끼어들기를 좋아한다. 이를 훈수, 간섭이라고도 한다. 좋지 않은 의미로 더 많이 쓰인다. 보통 아랫사람보다 윗사람이 횡포를 부린다. 잘 알지도 못하면서 참견을 한다. 당하는 입장에선 고역이 아닐 수 없다. 함부로 대들지도 못한다. 그런 상사는 자기가 되레 당한다고 생각하기 때문이다. 아량이라곤 기대할 수 없는 부류다.

　　그러나 더 무서운 게 있다. 무관심이다. 아무런 반응을 보이지 않을 때 훨씬 답답하다. 무시당한다는 느낌도 든다. 관심을 보이는 것은 상대방에 대한 최소한의 배려다. 그것은 또한 칭찬으로 이어진다. 칭찬은 고래도 춤추게 한다는 속담이 있다. 어떻게 하면 관심을 보일 수 있을까. 우선 성의가 있어야 한다. 남의 일도 내 일처럼 소중히 여겨야 한다는 애기다.

　　내 위주로 해선 남을 챙길 수 없다. 남의 입장에서 바라보면 답이 나온다. 이런 저런 일이 있어 메일을 보낸다. 전화 또는 메일로 답장을 보내주는 이가 많지 않다. 관심을 갖지 않기 때문이다. 대부분이 그러므로 서운하게 생각 마라. 오히려 관심을 보여준 분들에게 거듭 감사함을 표시해라. 무엇보다 남의 관심을 받으려면 나부터 관심을 보여줘야 한다.

나이 쉰에 친구

벗. 친구. 어감이 참 좋다. 형제보다도 더 가까운 게 친구다. 자주 만나기 때문이다. 그러나 진정한 친구는 사귀기 쉽지 않다. 통상적으로 어울려 노는 사람들을 친구라고 한다. 친구가 20~30명 된다고 떠벌리는 이들도 있다. 초등학교, 중학교, 고등학교, 대학교 친구를 합치면 그 정도는 될 듯싶다. 그렇다면 진짜 친구는 어떻게 정의할까.

속마음도 터놓을 수 있는 사이가 친구 아닐까. 과연 그런 친구는 몇 명이나 될까. 한두 명만 돼도 적지 않다고 본다. 곰곰이 생각해 보라. 과연 자기 주위에 그런 친구가 있는지. 고교 대선배 네 분을 초대해 식사를 대접한 적이 있다. "선배님들, 친구 있습니까." 그들 모두 한참 망설였다. 그러더니 '없다'고 말했다. 그만큼 마음에 맞는 친구를 얻기 어렵다는 얘기일 터.

지난해 가을 중소기업 CEO를 만났다. 쉰이 넘어 만난 친구다. 1년이 채 안 되지만 깊은 대화를 나눈다. 인생 설계도 함께한다. 모처럼 둘이 만나 소주를 마셨다. "자네를 만난 것은 내 인생 최대의 행운일세." 내가 먼저 말을 꺼냈다. "아니야. 내가 더 고맙네." 그 친구가 내 손을 덥석 잡으며 화답했다. 나이를 먹어서도 친구를 사귈 수 있다. 물론 그 뿌리는 믿음이다.

배려

　　요즘 가장 많이 쓰는 단어는 무엇일까. 행복과 배려가 아닌가 싶다. 서점에 가봐도 여실히 증명된다. 행복을 주제로 한 책들이 수십 종 진열돼 있다. 고정 독자층과 함께 수요가 있기 때문이다. 배려도 마찬가지 주제다. 타인에 대한 배려는 아름답다. 내 것을 내려놓을 때 가능하다. 자기 욕심에 급급하면 남에게 베풀 수 없다. 무엇보다 배려는 그 정신이 몸에 배야 한다.

　　업무 차 충북 오송에 갈 일이 있었다. 그 곳에 있는 기관장과 점심 약속을 했던 것. 11시 30분까지 사무실로 간다고 했는데 KTX를 이용하다 보니 30분 전에 도착할 것 같았다. 그래서 10시 기차로 내려간다고 메시지를 보냈다. 바로 연락이 왔다. "네. 오송역에 차를 보내겠습니다. 차량은 98××입니다." 10시 44분 정각에 도착했다. 택시 정류장 쪽으로 가니 승용차가 나와 있었다. 그곳에 비가 내리고 있었다. 새 청사는 교통이 불편한 편이다. 차를 보내준 이유다. 그렇지만 관심을 보여 주지 않아도 그만이다. 나는 큰 감동을 받았다. "감사합니다. 차까지 보내주시고." 고마움을 전했다. "당연히 그래야지요." 기관장이 웃으며 답했다. 귀경할 때도 차량을 제공해 줬다. 배려는 상대방의 마음을 움직이게 하는 힘이 있다.

호박잎에 보리밥

우리 음식은 건강에 좋다. 고기보다는 채소가 많다 보니 살도 안 찐다. 시골 사람들이 오래 사는 이유이기도 하다. 90에 농사일을 하는 노인들이 적지 않다. 그 비결을 물어본다. "일 많이 하고, 잘 먹고, 잘 자고." 아주 쉬워 보인다. 그러나 몸에 배지 않으면 실천하기 어렵다.

"국장님! 호박잎에 보리밥 먹으러 오세요. 준비해 놓겠습니다." 잘 알고 지내는 식당 사장님이 전화를 주셨다. 퍼뜩 돌아가신 어머님 생각이 났다. 시골에서는 반찬 걱정을 별로 하지 않는다. 텃밭에서 기르는 채소를 뜯어 먹으면 된다. 고추, 무, 오이, 배추, 가지, 고구마, 감자, 콩 등 널려 있다. 어머니께서도 그러셨다. 그중에서도 호박잎은 여름 별미였다.

어머니는 새벽녘 밖으로 나가신다. 담장 위에 있는 호박잎을 한 바가지 따오신다. 밥솥에 함께 쪄 내 놓는다. 된장에 호박잎. 입맛을 돋운다. 밥 한 사발을 훌떡 비운다. 사장님의 전화를 받자 옛 추억이 아련히 떠올랐다. 회사를 퇴사하신 선배와 마침 약속이 있어 그 식당에 들렀다. 선배도 시골 출신이라서 그런지 정말 맛있게 드셨다. 둘이서 호박잎 한 접시를 말끔히 비웠다. 보리밥까지 곁들였다. 더 이상의 진수성찬은 없었다.

친절한 광화문 우체국 직원

회사 인근 광화문 우체국을 종종 찾는다. 지인들에게 우편물을 부치기 위해서다. 시내 중심가에 있어 이용객들이 많다. 하루 종일 붐빈다. 직원들의 손길도 분주하다. 쉴 틈이 거의 없어 보인다. 대기 번호판에 '0'은 찾아보기 힘들다. 직원들은 짜증 날만도 한데 항상 밝은 표정이다. 우정사업본부가 경영평가에서 좋은 성적을 거둔 이유일 게다.

책을 세 권 보내기 위해 우체국을 찾았다. 마땅한 상자가 없어 우체국에서 450원짜리 박스를 한 개 구입했다. 상자가 커서 책을 넣고 보니 헐렁했다. 그냥 창구로 가지고 갔더니 훼손된다며 다시 포장해야 한다고 했다. 순간 난감했다. 그 찰나에 직원이 말했다. "책을 부치러 가끔 오시죠. 제가 다시 포장해 드리겠습니다. 잠시만 기다려 주세요." 그러더니 상자를 뜯고 다시 포장했다. 책이 흔들리지 않도록 빈 공간을 비닐로 채운 뒤 꼼꼼히 쌌다. 나를 기억하고 있었던 것이다. "고맙습니다. 다음번에 올 때 책을 한 권 사인해서 드리겠습니다." 그 직원은 책 쓰는 분이 부럽다며 상냥히 웃었다.

그렇다. 친절은 감동을 배가시킨다. 남에게서 친절을 받으려 하지 말고 나부터 실천해야 한다. 그래야 아름다운 사회가 된다.

불쾌한 문자 메시지

애경사를 잘 챙겨야 한다. 나도 가급적 참석하고 있다. 특히 상갓집은 직접 찾아가는 것이 좋다. 상주들에게 큰 힘이 되기 때문이다. 애경사는 품앗이 성격이 강하다. 내가 가야 상대방도 온다. 나는 가지 않으면서 상대방이 오기를 바란다면 뻔뻔한 짓이다. 그런데 자기 도리는 하지 않으면서 부담을 주는 이들이 적지 않다. 무차별적으로 청첩장이나 메시지를 보내는 경우다.

이름조차 생소한 사람에게서 메시지를 받는다. 주로 부음을 알린다. 문자 메시지가 편리하기 때문에 대량으로 발송하는 것 같다. 아무리 기억을 더듬어 봐도 생각나지 않는다. 한두 번 만나 명함 정도 주고받았을 게 틀림없다. 그럼에도 부음을 알리는 것은 결례다. 웬만하면 신문 부음란을 보고 찾아가기도 한다. 주소록이나 전화번호를 정리할 때 유념해야 할 대목이다. 나름대로 경조사를 챙기는 기준이 있다. 물론 가까운 지인들이야 말할 것도 없다. 2008년 12월 어머님이 돌아가셨다. 당시 내 손님만 500여 분이 오셔서 위로해 주었다. 덕분에 상을 잘 치를 수 있었다. 그분들은 방명록을 정리해 두었다. 답례를 하기 위해서다. 축의금이나 조의금도 그것을 보고 참고한다. 문자 메시지는 편리한 대신 예의에 어긋나지 않게 활용할 필요가 있다.

나와 DJ

　　김대중. 한국 현대 정치사에서 빼놓을 수 없는 인물이다. 그만큼 파란만장한 삶을 살다간 인물도 없다. 하나하나가 역사적 기록이다. 정치가, 사상가, 철학가, 역사가. 그에게 어울리는 단어들이다. 물론 후손들이 평가해야 할 대목이다. 그런 DJ를 가까이서 볼 수 있었던 것은 큰 행운이었다. 2000년 10월부터 2003년 2월까지 청와대 출입기자를 하면서 그의 일거수일투족을 지켜봤다.

　　나와 DJ의 인연은 전혀 없었다. 출입하는 당은 물론 고향도 달랐다. 당시 야당이었던 한나라당 반장을 하다가 갔다. 원래 청와대 출입기자는 집권당인 여당 출입기자가 가는 것이 관례였다. 이 같은 기록을 깬 셈이다. 내 고향은 충남 보령. 당시 중앙언론사 출입기자 30명 가운데 비호남은 2~3명에 불과했다. 이런 까닭에 여러 곳에서 똑같은 질문을 받았다. '나 같은 사람은 청와대에 올 수 없었는데 어떻게 왔느냐'고 했다. 사실 나도 정확한 경위를 모른다. 지금껏 나와 관련된 인사를 가지고 누구에게 부탁하거나 상의를 해본 적이 없기 때문이다. 그래서 똑같은 답변을 한다. "나도 잘 모르니 회사 측에 알아봐라." 어쨌든 만 28개월간 청와대를 출입했다. DJ가 서거하기 전에는 1년에 두세 차례 찾아뵈었었다. 그가 더욱 그리워진다.

나이 쉰에 지다

어느 날 한 선배가 말했다. "병풍 뒤에서 향내를 먼저 맞는 사람이 선배야." 죽음 앞에서는 선후배가 따로 없다는 얘기다. 그 선배는 애주가다. "술 먹는 사람이 끊었다고 하면 별일이 생긴 거야. 6개월 뒤쯤 신문 부음란에 나지. 그래서 나는 살기 위해 술을 계속 먹고 있어." 물론 우스갯소리로 한 말이다. 곰곰이 생각해 보면 틀린 말도 아니다. 아프면 음식도, 술도 못 먹는다.

건강한 사람은 그에 대한 행복을 못 느낀다. 평생 건강할 줄로 알고 있기 때문이다. 그러나 방심은 금물이다. 어느 순간에 나빠질 수도 있다. "건강은 건강할 때 지켜라." 금과옥조로 삼아야 한다. 아픈 다음에 고치려고 하면 여간 힘든 게 아니다. 불치병을 얻을 수도 있다. 음식도, 술도, 담배도 절제하는 것이 좋다. 조금만 시경 쓰면 실천할 수 있는 것들이다.

아침에 신문을 보다가 부음란에 눈에 띄는 이름이 있었다. 한 신문사에 근무하고 있는 후배였다. 본인 별세였다. 이제 쉰 살인데……. 그 친구와는 같은 출입처에서 함께 취재를 한 적이 있다. 호방한 기질을 가지고 있었다. 술도 좋아했다. 오전에 회사에 나와 영문을 알아봤다. 간암으로 세상을 떴단다. 소름이 돋았다. 고인의 명복을 빈다.

장관직을 고사하다니

시국이나 정치 관련 글은 거의 쓰지 않고 있다. 내가 굳이 쓰지 않더라도 모든 언론에 도배질하고 있기 때문이다. 또 관심은 클지언정 재미나 감동을 주지 못하는 까닭도 있다. 우리나라 사람은 모두가 정치평론가쯤 된다. 이런 저런 사안에 대해 매우 해박하다. 전문가를 뺨칠 정도다. 정치부 기자, 정치 담당 논설위원 등 10년 경력의 내가 몸을 빼는 이유일지도 모른다.

인터넷을 검색하다가 눈의 띄는 기사를 발견했다. 뮤지컬 〈난타〉 제작자인 송승환 씨가 문화부장관 제의를 고사했다는 것. 충분한 자격을 갖췄음에도 "난 적임자가 아니다"라며 몸을 낮췄다고 한다. 신선한 충격으로 다가온다. 문화부장관은 매력 있는 자리다. 그래서 자천 타천으로 여러 명이 거론된다. 서로 하려고 난리를 피우는데 스스로 고사한다는 것은 쉬운 일이 아니다. 그가 더욱 돋보이는 이유다.

장관. 어떤 자리인가. 해본 사람만 그 맛을 안다고 한다. 부처에서는 절대적인 존재다. 모든 인사권을 쥐고 있다. 의전 또한 최상이다. "장관 자리를 고사한다는데 순전히 거짓말입니다. 장관 하려는 사람들이 줄 서 있어요." 대통령 비서실장을 지낸 한 인사의 회고담이다. 송승환 씨의 장관직 고사는 두고두고 회자될 듯하다.

아름다운 양보

한국은 정말 역동적인 나라다. 우리는 이곳에 살고 있어 잘 모른다. 외국인들의 눈에 그렇게 비치는 것 같다. 자랑스럽다. 우리 스스로도 긍지를 느껴야 한다. 하나하나 뜯어보자. 우리는 못하는 것이 거의 없다. 우리가 모르는 사이에 세계 일류 국가들과 어깨를 나란히 할 수 있게 됐다. 한국인의 저력을 보어준 셈이다.

그런데 정치는 그렇지 못하다. 여야 정치권을 보고 있느라면 은근히 부아가 치민다. 그들만의 리그, 이전투구를 벌이고 있기 때문이다. 발전은커녕 점점 퇴보하고 있는 느낌마저 든다. '내 탓이오'는 없다. 모든 게 남의 탓이다. 스스로 자성하고, 고개를 숙이는 정치인을 본 적이 없다. 끝까지 발버둥치려고 한다. 정치생명을 연장하기 위해서다. 탐욕스럽다.

안철수 교수와 박원순 변호사가 서울시장 후보 단일화를 이뤘다. 그것도 여론조사에서 월등히 앞서가는 사람이 양보를 했다. 우리 정치판에서 좀처럼 찾아볼 수 없는 일이다. 안 교수는 쉰이 채 안됐다. 욕심을 낼법한데 그것을 버렸다. 더 이상 아름다운 결단이 아닐 수 없다. 안 교수는 잃은 것보다 얻은 게 훨씬 많다. 국민의 사랑을 한 몸에 받게 됐다. 더 이상 무엇이 필요하겠는가. 그의 앞날에 더 큰 발전을 빈다.

두 거인을 보내며

사람의 처음과 끝은 똑같다. 부자라고, 거지라고 다를 리 없다. 엄마 뱃속에서 태어나 살다가 빈손으로 간다. 이 기간을 한 평생이라고 한다. 어떻게 사느냐가 중요하다. 값진 인생을 최고로 친다. 그래서 모두들 흔적을 남기고자 한다. 발버둥친다고 되는 일은 아니다. 타고난 재능과 노력이 필요하다. 인류 역사상 큰 족적을 남긴 거인들의 모습에서 그것을 읽을 수 있다.

최근 두 번이나 슬픈 소식을 접했다. 야구 스타로 국민적 사랑을 받았던 장효조, 최동원 선수가 잇따라 세상을 떠났다. 그들은 타자로, 투수로서 역대 최고의 평가를 받았다. 그런 만큼 사랑도 독차지했다. 둘 다 50대에 유명을 달리했다. 한참 일할 나이다. 암 앞에서는 불가항력인가. 얼마 전 그라운드에서 수척했던 모습을 보았기에 더 가슴이 아프다. 둘은 재기를 다졌지만 끝내 일어나지 못했다. 안타까울 뿐이다.

두 선수를 보며 운명을 생각한다. 철각, 철완이었기에 평생 건강할 줄 알았다. 본인들도 의심하지 않았을 터. 그러나 암은 자신도 모르는 사이 쳐들어온다. 발견했을 땐 이미 상당부분 전이됐던 것 같다. 그 심적 고통은 얼마나 컸겠는가. 그라운드에서 생을 마감하길 바랐겠지만 병상에서 소소히 떠났다. 운명이 야속하다.

기막힌 사연

여자의 운명이 기구하다는 말을 쓴다. 같은 표현일 텐데 남자의 운명이 기구하다는 얘기는 잘 하지 않는다. 여자가 남자보다 강해서일까. 연약한 여자라고 하지만 남자보다 강한 측면이 분명 있다. 특히 자식을 위해서라면 몸을 사리지 않는다. 아버지는 도저히 못할 일을 엄마는 해내는 것이다. 신통력이라도 있단 말인가. 그렇지 않다. 오로지 헌신이 있을 뿐이다.

10년 전쯤 아이 아빠가 퇴근 도중 쓰러졌다. 병원으로 옮겨져 수술을 받았으나 지금까지 의식 불명이다. 당시 아이들은 초등학생. 이제는 둘 다 군에 갔다. 엄마는 남편 병 수발을 하랴, 아이들을 돌보랴 그야말로 쉴 날이 없었다. 아내의 헌신이 없었다면 남편의 오늘은 불가능했을 것이다. 우리 아파트에 살고 있는 가정주부의 애기다. 그분을 볼 때마다 존경심이 생긴다. 며칠 전 뜻밖의 소식을 들었다. 그 주부에게 암이 발견됐다는 것. 처음 듣는 나도 끔찍했다. 운명을 돌릴 수 있다면 돌리고 싶은 마음도 들었다. 그 착한 엄마에게, 신은 너무 기혹했다. 심신을 위로해 주지 못할망정 시련을 안겨 주다니……. 그러나 희망은 있다. 그가 이제껏 살아온 대로 의지를 다진다면 암도 쉽게 물리칠 것이다. 남편의 기적 같은 회생, 아내의 완치를 빈다.

어느 정치인의 죽음

사람은 두 번 죽지 않는다. 한 번 죽는다. 어떻게 죽느냐도 중요하다. 삶을 마무리하는 단계이기 때문이다. 값진 죽음도 있을 수 있다는 얘기다. 사람은 살아서도 평가받지만, 죽은 다음에 더 조명된다. 생전에 알려지지 않았던 일들이 일일이 소개되기도 한다. 정말 존경할 만한 삶을 살다간 이들도 있다. 생전의 그들은 자신들을 드러내 보이지 않고 칩거하기도 했다.

이춘구 전 민자당 대표가 세상을 떠났다. 모든 신문들이 부음 소식을 비중 있게 알렸다. 원칙과 소신 있는 정치인의 대명사로 평가했다. 4선에다, 집권당 사무총장과 대표를 지낸 정치인이다. 한창 일한 나이에 정계를 은퇴한 뒤 두문불출했다. 그 뒤에는 정말 자연인으로 돌아가 소박하게 살았다. 각종 언론의 인터뷰를 사절했고, 흔한 자서전도 펴내지 않았다. '아름다운 퇴장'을 한 정치인의 사표가 되기에 부족함이 없다. 요즘 정치인들을 본다. 지조 있는 정치인들을 찾아보기 어렵다. 국가와 국민을 위한다지만 진정성이 부족하다. 눈앞의 이익 앞에서는 소인배와 다름없는 행동도 서슴지 않는다. 시민운동을 했던 분들도 정치판에 뛰어들고 있다. 그들 역시 기성 정치인과 다를 바 없어 실망스럽다. 정치 없는 세상은 어떨까.

변호사와 조카딸

사람의 인품은 가족관계에서 비롯된다. 자식은 부모님의 영향을 가장 크게 받는다. 그래서 가정교육이 특히 중요하다고 한다. 결손가정이 의외로 많다. 이런저런 사연을 듣노라면 눈시울이 뜨거워지기도 한다. 모처럼 가슴 찡한, 감동적인 사연을 들었다.

친하게 지내는 고교 한 해 선배가 있다. 부장검사 출신으로 유명 로펌에 근무하고 있다. 인품이 훌륭한 분인 줄은 진작부터 알고 있었지만 가정사를 듣고 더 존경하게 됐다. 조카딸을 친딸처럼 키워 출가를 시켰다는 것도 어렴풋이 알고 있었다. 그 선배가 대학 3학년 때 형님이 돌아가셨다고 했다. 조카딸은 형님이 교통사고로 세상을 뜬 뒤 한 달 만에 태어났다. 유복자인 셈이다. 당시 결혼 1년차 형수님은 직장을 다니고 있었단다. 조카딸은 대학생인 삼촌이 맡았다. 물론 할머니는 계셨다고 했다. 형수님은 그 뒤 재혼을 했다. 조카딸은 할머니와 삼촌이 쭉 키웠다. 삼촌이 장가를 늦게 간 이유이기도 하다. 그 조카는 잘 컸다. 국내 최고 대학 약대를 나왔다. 1등 신랑감을 만나 결혼도 했다. 그 조카는 슬하에 두 명의 자녀를 두었다. 그 선배에게 덕담을 건넸다. "선배님은 정말 복 많이 받을 겁니다. 세상에 그런 작은아버지가 어디 있습니까." 자초지종을 듣고 또 한 번 감동했다.

어느 재소자의 가을 편지

"가을하면 흔히들 천고마비의 계절이라 하고 독서의 계절이라고 생각합니다. 만인들이 읽어서 행복하고 선생님 특유의 진실함과 솔직함이 많은 독자들의 귀감이 될 거라고 판단됩니다. 제 생각 같아선 가을을 배경으로 해서, 선생님의 서민적인 배경과 솔직하고 담백하게 묘사해서, 글을 쓰신다면 아주 멋진 에세이집이 될 것 같습니다. 선생님의 에세이집이 또 나올 거라 확신합니다."

여주 교도소에 수감 중인 한 재소자에게서 받은 편지다. 그와는 여러 차례 편지를 주고받았다. 내 졸저 《여자의 속마음》을 보고 연락을 해와 인연을 맺게 됐다. 얼굴도 모르고, 목소리도 들어보지 못했다. 하지만 남 같지가 않다. 시간이 흐를수록 친근감이 느껴진다. 무엇보다 내 글을 읽고 위안을 삼는단다. 글을 쓰는 사람에게 더 이상의 찬사가 없다. 그야말로 나의 진정한 독자다. "여하튼 선생님이 저에게는 방황의 늪에서 좋은 길로 인도해 주신 참 고마운 분입니다. 선생님께서 저에게 보여 주신 배려와 은혜는 영영 잊지 않겠습니다." 교도소도 사람 사는 곳이다. 그분은 과거를 뉘우치고 재기를 다짐하고 있다. 2012년 5월이 만기 출소라고 했다. 지금 같은 정신 자세로 수감 생활을 한다면 어떤 난관도 헤쳐 나갈 수 있을 것이다. 그때까지 건강하기를 빈다.

친절한 서울시 국장님

우리 사회가 많이 친절해졌다. 특히 공직사회가 예전에 비해 크게 달라졌다. 아주 바람직한 현상이다. 이전에는 고압적 자세를 보여 눈살을 찌푸리게 했었다. 전화를 받는 태도도 한결 부드러워졌다. 친절해서 나쁠 것은 없다. 서로 기분이 좋다. 웃는 낯에 침 뱉지 못한다고. 웃음을 생활화하면 건깅에도 좋다. 과학적으로도 그렇단다. 생활하면서 많이 웃어야 한다.

수억 원짜리 정부 행사를 주관했다. 나름 의미 있는 행사다. 그런데 장소 사용 문제가 생겼다. 상암동 월드컵 공원 평화의 광장에서 하기로 했는데 서울시 측이 난색을 표한 것. 이런 저런 이유를 댔다. 장소를 대여하는 입장에서 충분히 이해가 가고도 남았다. 우리로서는 어떻게든 풀어야 했다.

그래서 서울시 담당 국장을 방문했다. 첫 인상부터 좋았다. 매우 겸손하고 친절하다는 느낌을 받았다. 자리도 상석에서 내려앉았다. "말씀 잘 들었습니다. 여러 가지 검토해 보겠습니다." 며칠 기다렸더니 연락이 왔다. 일과시간 이후였다. "장소 사용을 최종 승인하기로 했습니다. 행사 잘 치르십시오." 국장이 직접 전화를 해온 것. 모든 민원인들에게 이처럼 대해 주었으면 한다.

노란 화분

아침부터 가을을 재촉하는 비가 왔다. 이 비가 그치면 날씨도 제법 쌀쌀해질 것이라는 일기예보다. 너무 덥거나 추우면 짜증부터 나는 것이 모든 사람의 심리다. 그러나 자연을 거스를 수는 없다. 거기에 순응해서 살아야 한다. 어느 독자와 점심을 하기로 한 날이다. 열흘 전쯤 약속을 잡았던 것 같다. 광화문 근처에 근무하는 여성 직장인이라는 것만 알고 약속을 했다. 내가 자주 이용하는 식당에서 만났다. 그분에게 양해를 구한 뒤 장소를 예약했었다. 내가 조금 먼저 도착했다. 그분은 블로그에서 내 사진을 본 까닭에 금방 나를 알아봤다. 나 역시 들어오는 모습을 보며 그분일 것으로 생각했다. 이심전심이랄까. 다섯 살짜리 아들을 둔 엄마였다. 표정이 해맑았다. 찌든 모습은 읽을 수 없었다. 내 점심 초대에 응해준 이유일 게다.

먼저 블로그 방문에 감사를 드렸다. 두어 달 전부터 즐겨 찾기를 해놓고 시간 날 때마다 본다고 했다. 나는 두 권의 에세이집을 들고 나갔다. 사인을 해서 전달했다. 그분도 노란 화분을 들고 왔다. 예쁜 엽서와 함께. "오늘 점심 식사 초대 감사합니다. 좋은 분과 맛있는 음식을 먹는다는 것은 참 즐거운 일이라고 생각합니다. 비오는 목요일 즐거운 오후 되세요." 행복한 하루였다.

고전을 공부하는 사람들

학문과 배움에는 끝이 없다고 한다. 실제로 그렇다. 사람은 태어나서부터 죽을 때까지 배운다. 전지전능한 신을 제외하고는 누구도 예외일 수 없다. 더 이상 배울 것이 없다고 호언하는 사람도 있다. 만용을 부리는 그 이상도, 이하도 아니다. 굳이 옛 성현들의 말씀을 떠올릴 필요도 없다. 무언가 배운다고 하면 가슴이 선렌다. 그 기쁨은 무엇에 비유하랴.

연휴를 이용해 강원도 홍천에 다녀왔다. 친구가 하루 동안 맹자 강의를 들어보자고 했다. 아침 8시부터 저녁 6시까지 강의가 진행됐다. 강사는 텔레비전에도 여러 번 출연했던 유명 교수. 그 교수의 시골집에서 강의가 이뤄졌다. 참석자는 대략 30명. 매주 한 번씩 서울에서 강의가 진행되고, 그날은 심화학습 차 시골로 내려왔던 것. 나는 참관인 자격으로 양해를 구한 뒤 참석했다.

시간적 경제적 능력이 있는 사업가가 제일 많았다. 변호사, 검사장, 전직 장관, 전직 장성, 건축가 등 직종이 다양했다. 강의를 받는 모습을 봤다. 모두 진지했다. 옛날 훈장 선생님 밑에서 교육을 받는 것 같았다. 흡족한 표정이었다. "고전의 매력에 푹 빠졌습니다. 사서삼경을 모두 뗄 생각입니다. 가능할지 모르겠어요." 알고 지내던 변호사가 말했다. 책 읽기 좋은 계절이다.

한 인간의 죽음

죽음 앞에서는 누구도 당당할 수 없다. 죽음에 초연하다고 말을 한다. 그러나 끝까지 살려고 발버둥 친다. 대부분의 사람들이 그렇다. '빨리 죽어야지'를 입에 달고 사는 노인들도 마찬가지다. 몸에 조금 이상 있다 싶으면 먼저 병원으로 달려간다. 노안인데도 보이지 않는다고 난리다. 그것이 인간의 심리다.

사람은 죽은 다음에 더 평가를 받는다. 물론 위대한 인물은 생존에도 그 업적을 기린다. 역사적으로 위대한 사상가도 사후에 더 조명을 받았다. 애플의 스티브 잡스가 56세를 일기로 생을 마감했다. 미국은 물론 전 세계인이 슬퍼했다. 그가 남긴 업적은 일일이 열거할 수 없다. 그 어떤 발명가보다도 큰일을 했다. 더 이상의 찬사가 필요 없을 정도다.

무엇보다 잡스는 죽음 앞에 의연했다. 췌장암 선고를 받고 죽음을 예견할 것일까. "언젠가 죽는다는 사실을 기억하라. 그럼 당신은 정말로 잃을 게 없다." 맞는 말이다. 죽음을 두려워하지 않는다면 못할 바가 없다. 뭐든지 할 수 있다는 얘기다. 실제로 잡스는 극한 상황 속에서도 인류 문명을 이끌었다. "죽음은 삶이 만든 최고의 발명품." 그가 남긴 명언이다. 그는 신화를 남기고 하나의 발명품으로 돌아갔다. 그의 명복을 빈다.

아직은 더 살아 있으라고 하시나 봐요

좋은 일이 있을 때 누가 생각날까. 부모님과 배우자, 자식일 게다. 그만큼 가깝다는 얘기일 터. 기쁜 일이 있으면 누군가에게 알리고 싶다. 그 사람이 가장 소중한 사람이다. 아직 결혼하지 않은 경우 엄마, 아빠에게 소식을 제일 먼저 알린다. 결혼했을 때는 아내, 남편, 자식의 얼굴이 떠오른다. 그다음은 친구 등 지인들에게 연락을 취하곤 한다.

최근 암 투병 중인 독자에게서 메일을 받았다. 정말로 바라던, 기쁜 소식이었다. 그 환자의 치료길이 열렸다는 것. 한 번에 수천만 원씩 들어가는 약값을 주치의인 교수님께서 해결해 주었다고 했다. 치료를 중단해야 할지 고민하던 시점에 구세주가 나타난 셈이다. 얼마나 감동했겠는가. 하늘이 도와주었다고 할 수 있다. 환자의 지인으로서 그 교수님께 진실로 감사함을 전한다.

환자는 암 투병 중에도 낙천적이다. 본인이 말을 하지 않으면 진짜 환자인지 알 수 없다. 이번 메일에서도 성품이 그대로 드러났다. "더 살아 있으라는 사인인가보다 하고 감사를 드렸답니다. 아직은 더 살아 있으라고 하시나 봐요." 마치 소녀처럼 수줍게 웃는 모습이 그려진다. 낙천적인 사람에겐 암도 무기력해진단다. 그 환자는 반드시 완치될 것으로 믿는다.

경주 황 목사님

교회가 거대화되고 있다. 신도수가 수만~수십만에 이르는 대형 교회들이 있다. 건물도 웅장하다. 이런 저런 좋지 않은 소식들도 들린다. 교회가 커지면서 생기는 부작용들이다. 그곳도 사람 사는 세상이니까 잡음이 안 들릴 리 없다. 하지만 교회나 목사님에게 거는 기대는 자못 크다. 일반인들에 비해 청렴하고 성스럽게 여기기 때문이다.

한 카페가 인연이 돼 경주의 황○○목사님을 만났다. 매주 월요일마다 서울에 공부하러 올라온다고 했다. 그래서 약속 날짜를 잡았다. 내가 공부하는 곳으로 찾아가겠다고 말씀드렸더니, 극구 사양했다. 목사님이 직접 우리 회사로 찾아 왔다. 전화 목소리를 들은 대로 매우 인자한 인상을 지니셨다. 처음 뵙는 데도 전혀 낯설지가 않았다. 나이는 내가 한 살 위. 마치 연년생 친동생을 보는 것 같았다. 목사님 역시 나를 친형처럼 대했다.

장소를 옮겨 저녁을 하면서 얘기를 들었다. 경주 교회는 아주 자그마한 규모였다. 면소재지에 있는데 인구라야 고작 800~900명 수준이라고 했다. 신도도 아주 적었다. 궁금해서 물었다. "어떻게 교회를 운영합니까." "그럭저럭 빚 안지고 삽니다." 그 표정이 해맑다. 이 시대의 진정한 목회자 아닐까.

제 친구 부부를 만나보시렵니까

아무런 종교도 가지고 있지 않은 나에게 유독 가까운 사람들이 있다. 기독교인들이다. 아주 착하게 살고 있는 분들이다. 비록 내가 교회에 나가곤 있지 않지만 교감을 나누고 있다. 대화를 하다 보면 공통점을 많이 발견하고 있다. 기독교의 뿌리는 사랑 아닐까. 자기를 사랑해야 남도 사랑할 수 있다. 그 바탕에 봉사도 깔려 있어야 한다. 내가 느끼는 바다.

몇 년째 친교를 맺어온 광주의 지인에게서 메일을 받았다. "제 친구 부부와 즐거운 대화를 나눠 보고 싶으십니까." 메일을 몇 번이고 읽어 보았다. 그와 친구는 30년 지기. "저와는 20대부터 친했고, 30년이 넘도록 변함 없이 교제를 나누고 있습니다. 그와 대화하는 것은 저와 대화하는 것과 똑같을 깃입니다. 그리고 그의 부인은 이 시대에 보기 드문 현숙한 여인입니다." 짤막한 요지다. 어찌 궁금하지 않겠는가.

바로 메일을 보내 드렸다. "저에게 전화 연락처를 알려 주십시오. 제가 먼저 연락을 드리겠습니다." 그분의 전화번호를 받고 연락드렸다. 역시 편안한 음성이었다. 직접 만나지 않고 목소리만 듣더라도 성품을 대충 알 수 있다. 부부를 회사로 초대하겠다고 말씀 드렸다. 그분들과의 만남이 기다려진다.

집으로의 초대

친척들 간에도 왕래가 뜸한 세상이 됐다. 예전에는 집에서 각종 행사를 했는데 요즘은 드물다. 초대를 받는 측도 으레 밖에서 할 것으로 생각한다. 외식산업이 크게 성장하는 요인인지도 모르겠다. 부모님도 집 밖에서 만난다고 한다. 물론 그게 편리한 점도 있을 게다. 식사 대접하고, 용돈 좀 드리고. 그것으로 자식 된 도리를 하는 것으로 안다. 핵가족화된 오늘날의 세태다.

얼마 전 알게 된 화교에게서 문자메시지를 받았다. "안녕하십니까! 화교 ○○○입니다. 이번 주 토요일 오후 저희 집에서 간단한 중식 저녁 및 반주를 준비하여 오 국장님 부부를 초대코자 합니다. 시간을 내어주셨으면 합니다. 오랜만에 교담도 나누고요! 시간은 오후 6시 30분 어떻습니까." 매우 정중하고, 친절했다. 이견이 있을 리 없다. 바로 '초대해 주셔서 고맙다' 는 답장을 드렸다. 토요일 오후가 기다려진다.

개문만복래(開門萬福來)라는 옛말이 있다. 문을 열어 놓으면 만 가지 복이 들어온다. 사람 사는 집에는 사람이 찾아와야 한다. 그래야 복이 굴러 들어오지 않겠는가. 그러려면 우리 집부터 열어 놓을 필요가 있다. 집으로의 초대를 생각해 보자.

어느덧 손주 볼 나이가 됐다. 시골 친구들은 여러 명 친손주, 외손주를 봤다. 세월이 참 빠르다. 시골 초등학교에서 뛰어놀던 때가 엊그제 같은데 할아버지 반열에 오르다니. 아직 50대 초반인데 벌써 초등학교에 다니는 외손주를 본 여자 동창생도 있다. 그들을 만나면 손주 자랑이 단골 메뉴다. 그렇게 사랑스럽고 예쁠 수가 없단다. 퇴근 시간도 빨라졌다고 자랑한다. 아들, 딸 키울 때보다 돌봐 주는 기쁨이 훨씬 크다고 했다. 손주들이 할아버지와 할머니를 더 따르는 이유인지도 모르겠다. 결혼식을 알리는 청첩장이나 메시지가 많이 날아온다. 축하할 일이다. 결혼식도 품앗이 성격이 강하다. 내가 다른 사람의 결혼식을 챙겨야, 다른 사람도 초청할 수 있다. 나는 참석하지 않으면서 다른 사람을 초대하는 것은 결례다.

주말 초등학교 친구 딸의 결혼식에 다녀왔다. 내가 주례도 섰다. 이번이 일곱 번째 주례였다. 너무 일찍 주례를 서는 것 아니냐고 얘기하는 사람들도 있다. 한 번 서다 보니까 여기저기서 청이 들어온다. 누구는 들어 주고, 누구는 들어 주지 않고. 차별할 수야 없지 않겠는가. 내 시간이 허락하는 한 앞으로도 주례 봉사를 할 참이다. "주례 정말 멋있었어요. 고마워요." 결혼식에 참석했던 하객에게서 이 같은 메시지를 받았다. 보람도 느낀다.

SNS 유감

점점 정이 메말라 간다. 정보기술의 발달로 첨단을 걷고 있지만, 대면소통은 줄어들고 있다. 직접 만나지 않고 소셜네트워크서비스(SNS) 등으로 소통하기 때문이다. 한 조사 결과가 눈에 띈다. 경제협력개발기구(OECD)의 보고서다. 한국은 친구, 가족 등과의 직접적인 대면접촉을 뜻하는 ‘사회연결망’ 부문에서 최하위권을 기록했다. 이 같은 추세가 이어질 전망이어서 걱정스럽다. 휴대전화의 전화나 메시지 목록만 봐도 알 수 있다. 직접 통화보다 메시지를 주고받은 경우가 많다. 업무상 전화를 건다. 그런데 직접 통화를 하기가 쉽지 않다. “회의 중이니 나중에 (전화)연락드리겠습니다.”“회의 중이니 문자 주세요.” 이 같은 메시지를 여러 통 받게 된다. 문자를 선호하는 사람들도 있다. 통화하는 것보다 시간을 절약할 수 있는 이점이 있긴 하다.

그래도 사람은 얼굴을 보고 살아야 한다. 만나서 수다도 떨고 스킨십을 해야 더 가까워진다. 너무 문명의 이기에 의존하지 말자. 원시적인 만남이 좋을 때도 있다. 페이스북이나 트위터를 통한 소통도 가능하다. 그러나 거기에 인간적인 매력은 없다. 그저 인간의 한 단면만 보여줄 뿐이다. 자주 만나는 것이 가장 좋다. 그렇지 못하면 전화라도 걸어 목소리를 듣자.

한국의 스티브 잡스

우리 주변에 정말 뛰어난 사람들이 많다. 무에서 유를 창조하기도 한다. 기발한 아이디어로 세상을 바꾼다. 보통사람과는 분명 다르다. 생각하는 것도, 삶의 방식도 차이가 난다. 우리는 그들을 천재라고 부른다. 그들에겐 공통점이 있다. 어떤 것도 예사롭게 보지 않는다는 것. 그냥 지나치기 쉬운 것에서 아이디어를 얻는다고 했다. 한 번 착안하면 끝장을 보는 성격도 비슷하다. 보통 사람보다 인내심이 훨씬 강하다고 할까.

기업하는 친구가 있다. 케이디파워 박기주 이사회 의장. 단돈 80만 원으로 시작해 튼실한 기업으로 키웠다. 이명박 대통령이 2008년 2월 취임 후 제일 먼저 찾은 회사이기도 하다. 그의 전공은 전기 분야. 이제는 발전기, 배전반 등 전기 쪽만 아니라 태양광 쪽에서도 두각을 나타내고 있다. 가전제품처럼 디자인도 입혔다. 그가 생산한 제품을 보면 품고 싶은 생각이 든다. 케이디파워가 주최한 포럼에 참석했다. 전국에서 전기 시스템 분야 베테랑들이 모였다. 그날의 주제는 태양광 로봇. 서울대 전기공학과 교수분이 축사를 했다. "미국에 스티브 잡스가 있다면, 한국에 박기주 의장이 있습니다. 박 의장이 오래 살았으면 좋겠습니다." 박 의장이 스티브 잡스의 아쉬움을 달래주리라 믿는다.

민애소다(民愛笑多)

노 교수는 50대 초반의 제자를 한없이 사랑스런 눈으로 쳐다봤다. 청출어람이라고 할까. 그 제자는 전도양양한 공무원. 학창시절 지도교수로 모셨다고 했다. 스승과 제자는 어느 심사위원회에서 만났다. 교수님은 심사위원장, 공무원은 심사위원으로 각각 참여했다. 다른 심사위원들이 부러워할 정도로 둘 사이의 관계는 끈끈했다. 심사가 끝나고 이어진 만찬에서도 정을 느낄 수 있었다. 교수님은 첫 인상부터 푸근했다. 2010년 정년퇴직을 하고 지금은 명예교수로 있다. 요즘도 제자들과 자주 어울린다고 했다. 즐겨 찾는 곳은 대폿집. 족발에 순댓국이면 최고라고 했다. 서울대 근처 신림동의 족발집을 자랑한다. 지금까지 제자 200여 쌍의 주례도 섰다. 앞으로도 주례 봉사는 계속할 참이라고 했다.

제자가 교수님에 관한 일화를 소개했다. 교수님 방에 들어가면 '民愛笑多(백성을 사랑하면 웃음이 많아진다)' 액자가 눈에 들어왔단다. 그 액자는 교수님이 직접 쓴 친필 휘호. 교수님은 젊은 시절 미국 미네소타 대학에서 유학생활을 했다. '미네소타'를 '민애소다'로 표기한 것. 미네소타 대학의 학장이 한국에 오면 친필 휘호를 건네기도 했다는 것. 교수님의 전공은 농촌지도학. 백성을, 농민을 사랑하는 교수님의 숨결이 느껴진다.

어느 한 쌍과의 인연

내가 살아오면서 가장 소중히 여긴 대목은 인연이다. 수많은 사람들과 만나고 헤어진다. 꼭 다시 만나고 싶은 사람들도 있다. 그 사람들과는 만남을 지속적으로 이어오고 있다. 초등학교, 중학교, 고등학교 친구들은 말할 것도 없다. 언제 만나도 반갑고, 격의가 없다. 불행하게도 대학 친구는 없다. 대신 사회에 나와 좋은 분들을 많이 만났다. 20~30년 관계를 가져온 분들도 적지 않다. 그분들이 정말 고맙다. 인생을 더욱 살맛 나게 해주었다.

최근 묘한 인연을 쌓게 됐다. 얼마 전 친구 딸의 주례를 서고 다음 아고라방에 후기를 올린 적이 있다. 당시 제목은 〈일곱 번째 주례를 선 기분〉. 오늘의 아고라 '이야기 베스트'에도 올라 많은 분들이 봐 주었다. 그날 오후쯤 한 통의 쪽지를 받았다. "다음 아고라 게시판을 봤습니다. 다음 달 12일(토) 서울 서소문에서 11시 결혼을 합니다. 주례를 부탁드려도 될까요?" 전화번호와 이름을 남겼기에 전화를 걸었다. 그 회원은 놀라는 눈치였다. 먼저 주례가 가능하다는 얘기를 건넸다. 그 선에 회사로 찾아와 달라고 했다. 마침 그 청년이 회사로 찾아왔다. 외모도 준수하고, 예의 바른 청년이었다. "이것도 인연인데 주례 걱정은 덜어 드리죠." 청년의 웃는 모습이 마냥 싱그럽다.

패션쇼 후기

패션쇼는 특수 계층의 전유물로 알았다. 실제로 그럴지도 모른다. 그런데 얼마 전 지인에게서 패션 쇼 초대를 받았다. 그것도 부부 동반으로. 아내는 내내 걱정을 했다. 마땅히 입고 갈 옷이 걸렸을 터. 무엇보다 패션쇼는 화려함을 추구한다. 눈길을 끌기 위해서다. 그래서 열리는 장소도 최상급 호텔이 대부분. 우리 부부가 초대받은 곳 역시 시내 중심가에 있는 특급호텔이다. 예정 시간보다 20분 늦은 저녁 6시 50분쯤 시작됐다. 1000여 석의 객석은 꽉 찼다. 먼저 식사가 나왔다. 메뉴는 스테이크. 음식 맛도 일품이었다. 이어 공식 쇼가 열렸다. 사회자는 유명 아나운서 출신이 맡았다. VIP들을 한 분 한 분 소개했다. 사회에서 명성을 쌓은 분들이다. 깜짝 놀랄 만한 일이 벌어졌다. 사회자가 내 이름을 불렀다. 난 영문도 모르고 일어서서 인사를 했다. 사전에 아무런 귀띔이 없었기에 조금 당황했다. 나중에 안 일이지만 지인이 소개를 부탁했다는 것.

이번 쇼는 남성복 위주로 진행됐다. 한국남성패션문화협회가 주관했다. 남녀 모델뿐만 아니라 탤런트, 배우, 가수, 코미디언 등도 게스트로 나왔다. 밤 10시가 넘어서 끝났는데 지루함을 느끼지 못했다. 아내도 만족했다. 이튿날 지인에게 고마움을 전했다.

촌놈. 그래, 암과 싸워 이겨라

페이스북 친구가 여럿 생겼다. 이런 저런 소식을 듣는다. 실시간으로 듣다 보니 손에 잡히는 듯하다. 보통 기쁜, 즐거운 소식을 많이 접한다. 쭉 검색하다가 뜻밖의 소식을 접했다. 다른 언론사 후배의 암 발병 소식. 가슴이 뭉클했다.

김○○ 부장. 그는 지금 암과 싸우고 있다. 불과 열흘 전까지만 해도 멀쩡하게 업무를 봤던 그다. 지금 김 부장은 서울대병원 암병동에 있다. 창경궁 전체가 내려다보이는 곳에서 그는 무슨 생각을 하고 있을까. 맑고, 올곧고, 강직하며 원칙에 충실했던 사람. 그러면서도 깊은 정이 느껴지던 사람. 그에게 여러 상념과 고민을 내려놓으라 했다. 병과 싸워 이기는 데만 집중하라 했다. '그러겠노라'고 답한다. 그는 현실을 받아들이는 듯했다. 의지를 다지는 것 같았다. 투병 생활 잘하겠으니 니무 걱정 마시라고 선후배들에게 전해 달란다.

선배 기자의 후배사랑은 이어진다. 나는 그가 병마를 꺾으리라 믿는다. 악수를 나누고 발길을 돌렸을 때 갑자기 사진 생각이 났다. "사진은 무슨……" 하면서도 김 부장은 자리에서 일어났다. 그리고 우리 둘은 웃었다. 그게 웃었다. 긴 부장이 손가락을 들고 V자를 해보였다. "촌놈. 그래, 암과 싸워 이겨라. 꼭 건강한 모습으로 반드시 다시 만나자."

잉꼬부부

결혼과 함께 한 쌍의 부부로 태어난다. 인생에서 가장 중요한 대목이다. 부부는 촌수가 없다. 촌수를 따질 수 없을 만큼 가깝다는 얘기다. 실제로 그렇다. 친구에게, 자식에게, 부모에게 털어놓을 수 없는 얘기도 아내에게, 남편에게는 말한다. 부부지간에는 거의 모르는 게 없을 정도다. 그러려면 보다 솔직해져야 한다. 숨기는 것이 있으면 안 된다.

신혼부부 한 쌍이 회사로 찾아왔다. 얼마 전 주례를 섰던 부부다. 아프리카 모리셔스로 신혼여행을 다녀왔다. 한국에 도착한 당일에도 주례인 나에게 맨 처음 전화를 걸어왔다. "잘 다녀왔습니다. 조만간 찾아뵙겠습니다." 사흘 후 그들을 만났다. 현지에서 산 작은 선물도 가져왔다. 아프리카산 설탕과 돛단배 형상의 토속 민예품이었다. 그 정성이 고맙다. 신부가 작은 카드도 건넸다.

"둘이서 하나로 되는 순간에 튼튼한 끈처럼 잘 묶어주시는 주례를 선뜻 도와주심에 감사드립니다. 국장님 말씀처럼 저희 둘이 서로 배려하고 이해하면서 지금처럼 서로 서로 마주보며 흐뭇하게 웃을 수 있게 잘 살겠습니다." 신부의 글씨도 정겹고 예쁘다. 그들과 근처 식당으로 옮겨 점심을 함께 했다. 둘 다 그렇게 행복해 보일 수가 없었다. 잉꼬부부의 탄생을 거듭 축하한다.

드디어 스마트폰족

난 참 둔감한 편이다. 뭐든지 늦다. 때문에 경쟁에서 앞서 나가지 못하는지도 모른다. 한 번 사면 잘 바꾸지 않는다. 지금 집도 만 19년째 살고 있다. 아파트에서 터줏대감 노릇을 한다. 승용차도 마찬가지. 20년간 두 번 바꿔 타고 지난해 세 번째로 바꿨다. 휴대전화를 최근 교체했다. 자의반 타의반으로 바꿨다. 손아래 동서가 남는 스마트폰이 있다며 준 것.

그동안 쓰던 휴대전화도 불편함이 없었다. 전화를 걸고 받고, 문자를 주고받는 것이 전부였다. 또 크기가 작아 가지고 다니기에도 편리했다. 굳이 바꿀 필요는 없었다. 그런데 시대에 뒤떨어진다는 느낌이 들긴 했다. 스마트폰은 내 손안의 PC라는 명성이 딱 들어맞았다. 모든 것이 가능했다. 설명이 따로 필요 없을 정도였다. 더 진화된 기계가 나올까 두렵기까지 하다.

"휴대전화 바꾸셨어요? 큰 결심을 하셨네요." "오 국장님! 전화번호가 바뀌었나요? 카톡에 친구추가로 나오네요." "카카오톡에서 멋진 미소 보네요! 건강한 모습이라 좋습니다!" 지인들이 소식을 전해온다. 무엇보다 상대방의 얼굴이나 특징을 볼 수 있어 좋다. 현재 460명의 카카오톡 친구가 있다. 그분들과 소식을 주고받으며 인연을 이어가면 살맛이 날 것 같다.

어떻게 그 많은 사람들을 관리합니까

나는 사람들을 좋아한다. 한 번 인연을 맺은 사람은 끝까지 가려고 힘쓴다. 그래서 오래 만나는 사람들이 적지 않다. 휴대전화에 저장된 전화번호만 1700개가 넘는다. 나에게 모두 소중한 분들이다. 물론 자주 연락하고, 통화하는 분들은 생각보다 많지 않다. 그래도 모처럼 연락이 닿으면 반갑기 그지없다. 살면서 서로 연락하고 소통하는 것이 생각처럼 쉽진 않다. 대부분 마음만 갖고 있을 뿐이다.

책을 몇 권 내고, 블로그 활동을 하면서 인연을 쌓은 분들이 있다. 직접 전화를 주시거나 메일, 메시지를 보내주신 분들이다. 모든 분들에게 답장을 드리고 있다. 몇 분과는 직접 만나 점심을 하거나 저녁을 한 분도 있다. '귀찮지 않느냐'고 묻는 분들도 있다. 그런 생각은 추호도 없다. 오히려 고마울 따름이다. 관심을 가져준다는 것은 보통 정성이 아니기 때문이다.

최근 부천의 초등학교 여교사에게서 메시지를 받았다. 쪽지에 답장을 드렸더니 연락을 해온 것. 직접 전화를 드렸다. 아주 쾌활한 분이었다. "일일이 답장을 해주시고, 어떻게 그 많은 사람들을 관리합니까." 그분이 물었다. "실제론 그리 많지 않습니다. 감사함을 전할 뿐이지요." 독자와 소통할 땐 언제나 즐겁다.

인생 절정기

　　나이도 흐르는 물과 같다. 참 빨리 흐른다. 20대가 엊그제 같은데 50대 중반으로 달음질치고 있다. 세월이 무섭기까지 하다. 늙고 싶지 않은데 나이를 먹는다. 자기만 그렇다면 서러울 텐데 모두 똑같기에 위안을 삼는다. 지난날을 돌이켜 본다. 뾰족이 기억에 남는 일들이 별로 없다. 그렇게 세월이 흘렀고, 여기까지 왔다. 별 탈 없이 지내온 것만으로도 감사해야 할까.

　　고교 동창 8명과 점심을 함께했다. 일하는 분야가 다양하다. 자영업을 하는 친구 2명, 나머지는 월급쟁이다. 문과 출신이어서 상대적으로 사업하는 친구들이 적다. 대신 성실성을 인정받아 직장에서는 제몫을 한다. 회사에 다니는 친구들은 임원급. 전무, 본부장 등으로 일한다. 공직에 있는 친구는 고참 국장. 언론계는 나와 또 다른 친구 1명. 명함엔 손색이 없다. 대부분 머리가 희끗희끗하다. 나이를 먹어가고 있다는 징표다. 한 친구가 말을 꺼냈다. "지금 우리 나이가 절정기인 것 같아." 모두 동의하는 눈치다. 직장생활로 치면 25년차 안팎이다. 한 우물을 판 경우 실패는 없었다. 적어도 중간 이상의 위치에 있었다. 정점을 코앞에 둔 친구도 있다. 인생 절정기를 어떻게 구가해야 할까. 그렇다고 욕심을 부리면 안 된다.

아빠로서 나는 몇 점

한국의 아빠들은 참 바쁘다. 쉴 틈이 별로 없다. 직장 생활을 하는 데 여유가 없기 때문이다. 야근하기 일쑤다. 대기업일수록 더 그런 경향이 있다. 토·일요일은 쉬더라도 집에 처박혀 있는 경우가 많다. 아내와 아이들은 밖에 나가자고 성화지만 꿈쩍도 하지 않는다. 이유 단 한 가지. "피곤해서 쉬어야 돼." 때문에 사랑받지 못하는 남편, 아빠가 많다.

영국문화원에서 전 세계 비영어권 102개국 4만여 명을 상대로 아름다운 영어 단어를 70개 고르라는 설문조사를 했다. 1위는 '어머니'였고, 2위는 '열정', 3위는 '미소', 4위는 '사랑' 등이었다. 그런데 '아버지'라는 단어는 아예 등수에도 들지 못했다고 한다. 동서양이 똑같은 데 헛웃음이 나올 뿐이다. 왜 그럴까. 아버지들이 가족들에게 자상하지 못한 탓일 게다.

성경에는 아이들을 키우는 책임이 '아비'에게 있다고 분명히 나와 있다. "아비들아"로 시작하는 말이 1190번 나오지만, "어미들아"로 시작하는 말은 360번, 부모 모두에게 하신 말씀은 36번 나온다. 우리의 아버지들이 귀담아 들어야 할 대목이다. 가정에는 아버지의 역할이 있고 어머니의 역할이 있다. 아버지의 역할을 제대로 할 때 사랑받을 수 있을 것 같다.

아내는 가정부

엄마이자 아내도 하루 종일 일한다. 밥하고, 빨래하고, 청소하고, 아이 돌보고, 시장 보는 게 쉬운 것 같지만 그렇지 않다. 모두 손발이 가기 때문이다. 아내에게 하루가 길지도 않다. 별로 쉴 틈이 없다는 얘기일 터. 그런 아내를 위해 남편들은 무엇을 해주는 것이 좋을까. 직접 몸으로 돕는 방법이 가장 좋을 게다. 그렇지 못하면 말로라도 위로를 건네야 한다. "당신 오늘 수고했어. 피곤하지. 내가 어깨라도 주물러줄까."

아내가 남편보다 일을 덜할까. 그렇지 않다. 직장에서 일하는 남성과 가정에서 일하는 여성의 전체 노동시간을 분석한 결과, 우리나라 여성은 전 생애에 걸쳐 남성보다 많은 일을 했다. 한국여성정책연구원이 발표한 40대 주부의 가사노동 시간을 보자. 하루 평균 12시간 16분 이었다. 이를 월급으로 환산하면 379만3000원, 연봉으로 따지면 4500만 원 정도도 됐다. 결코 남편보다 낮다고 볼 수 없다. 이런 아내를 업어주어도 모자랄 판이다.

아내는 부엌데기가 아니다. 우리 가정의 대들보이자 전문가다. 남편 못지않게 아내도 집안일을 전문적으로 하는 사람이다. 아내의 중요성은 아무리 강조해도 지나치지 않다. 대한민국 남편들이여! 아내를 사랑하라.

부부싸움, 칼로 물 베기

부부싸움을 하지 않고 사는 부부는 없을 게다. 부부싸움을 하지 않는다고 하면 거짓말이다. 아무리 다정한 부부라도 싸우기 마련이다. 그렇다. 부부는 싸운다. 세계적인 전도사 빌리 그레이엄의 아내 루스는 다음과 같은 질문을 받았다. "이혼을 고려해본 적이 있느냐." 루스가 답했다. "이혼을 고려해본 적은 없지만, 남편을 죽이고 싶을 때는 있었어요." 그들도 싸운다는 방증이다.

이혼하는 부부들을 보자. 자주 싸우거나 아주 싸우지 않는 부부들인 경우가 많다고 한다. 건강한 부부는 안 싸우는 부부가 아니다. 싸우더라도 잘 해결하는 부부다. 그래서 부부싸움은 칼로 물 베기라고 하는지도 모르겠다. 심한 부부싸움을 한 뒤에도 언제 그랬느냐는 식으로 화기애애하다. 만약 원수 같다면 어찌 한 이불을 덮고 살 수 있겠는가.

그렇다 한들 부부싸움은 하지 않는 것이 좋다. 부부싸움을 하면 아이들이 불안해한다. 정서적으로 좋을 리 없다. 그 자식들도 부모를 닮는다고 한다. 가정교육이 중요한 이유다. 무엇보다 집안에서 큰소리가 나오지 말아야 한다. 대부분 싸움이 그렇듯이 말에서 비롯된다. 목소리가 커지면 좋지 않은 징조다. 그래서 고운 말을 쓰는 습관을 길러야 한다.

아픈 것도 서러운데

사람이 안 아플 수는 없다. 사고사를 제외하곤 누구든지 아파서 죽는다. 빈도만 다를 뿐이다. 자주 아픈 사람이 있는 반면 거의 아프지 않은 사람도 있다. 큰 병원 신세를 안 지면 행복한 줄 알아야 한다. 특히 아픈 사람에게는 배려가 필요하다. 아파 보지 않은 사람은 그 심정을 헤아리지 못한다. 심하게 아프면 죽고 싶은 마음도 생긴다.

아내가 아프면 남편은 심란해진다. 불편한 게 한두 가지가 아니기 때문이다. 당장 밥 먹는 것부터 신경 쓸 일이 많아진다. 그렇다고 아내를 나무랄 수도 없다. 퉁명스러운 남편도 있다. "무슨 여자가 허구한 날 아프냐." 아픈 아내에게는 비수처럼 꽂힌다. 아픈 것도 서러운데 남편에게서 구박까지 받는다면 살맛이 나겠는가. 입장을 바꿔 놓으면 답이 나온다.

아내가 아플 때 지극정성으로 간호는 못할망정 타박을 하지 말라. 한 번 서운한 감정이 생기면 평생 갈 수도 있다. 그런 때일수록 아내를 더 감싸고 사랑해야 한다. 사랑의 묘약은 따로 없다. 우선 마음씨를 곱게 써야 한다. 아플 때 아내의 곁을 지켜주는 것만도 감동을 자아낸다. 남편의 사랑이 진심인지, 아닌지는 아내가 더 잘 안다. 남편들이여! 명심하기 바란다.

자상한 아우님

한국 사람은 초대 문화에 익숙지 못하다. 우선 부담을 갖는다. 무엇을 어떻게 해야 할지부터 고민한다. 부부 동반 모임은 더욱 그렇다. 거창하게 생각한 탓이다. 그냥 있는 모습 그대로 가면 될 것을 특별한 행사로 생각한다. 궁리 끝에 내린 결론은 불참이다. 여러 가지 핑계를 대며 양해를 구한다. 그러나 불가피한 경우는 그리 많지 않다.

동네 분들과 점심을 약속했다. 아내와 자주 어울리는 분들이다. 내가 다니는 직장이 시내여서 토요일로 날을 잡았다. 우리 부부가 점심을 대접하기로 한 것. 한 명이 운영하는 식당에서 만나기로 했다. 대여섯 분은 나올 것으로 알았다. 그런데 식당 주인을 포함, 세 분만 참석했다. 아내에게 미리 말했었다. "한 분만 오시더라도 영광으로 알자."

세 분은 모두 구면이었다. 몇 달 전 맥주를 마신 적이 있었다. 그중에서도 추어탕집 주인은 나보다 한 살 아래였다. 당시 즉석에서 형, 아우 하기로 했다. 그 아우가 감동을 주었다. 내가 추어탕을 그리 즐겨하는 편이 아니라는 얘기를 듣고 집에서 음식을 해왔다. 갈치조림에 더덕구이. 추어탕에 곁들여 정말 맛있게 먹었다. "동생, 고마워." 짧은 메시지를 보냈다.

고부간

시어머니와 며느리의 사이. 무엇이 제일 먼저 생각날까. 갈등이다. 예로부터 그랬다. 둘 다 여자여서 관계가 좋겠거니 생각하면 오산이다. 이를 시집살이에 비유하기도 한다. 며느리가 시집에서 살림하려면 눈치를 많이 보아야 한다. 그중에서도 시어머니는 최고의 상전이다. 조금이라도 소홀하면 불호령이 떨어진다.

며느리가 시어머니와 함께 살면 효부다. 잘하든, 못하든 탓을 하면 안 된다. 으레 모시지 않는 사람들이 군말을 하기 마련이다. 직접 모셔가라고 하면 딴청을 한다. 며느리든, 시어머니든 어느 한쪽을 편들어도 곤란하다. 그런 경우 사이를 더 벌려놓게 된다. 양쪽을 아우르는 것이 상책이다.

시어머니와 며느리 사이를 좋게 하는 방법은 없을까. 서로 조금씩 양보하면 된다. 한 후배가 걱정을 했다. 팔순이 넘은 노모와 큰형수의 사이가 좋지 않단다. 급기야 큰형수가 병원에 고의로 입원하는 무력시위(?)까지 벌였다고 한다. 자초지종을 들어보니 원인은 시어머니에게 있었다. 그렇다고 어머니를 나무랄 수도 없는 일. 어머니는 고집이 세고 막무가내시란다. 아들, 며느리가 돌볼 수밖에 없다. 어머니는 머지않아 가신다. 돌아가신 다음에는 후회만 남는다. 살아생전에 잘해 드리자

경조비

직장인에게 가장 큰 부담은 뭘까. 두말할 나위 없이 경조비다. 한 달 용돈의 절반 이상을 차지한다. 그러니 짐이 될 수밖에 없다. 모르는 체할 수도 없는 게 그것이다. 경조사를 제대로 챙기지 못하면 죄인이 된 기분이다. 품앗이 성격도 강한 만큼 성의를 표시하는 것이 마땅하다. 큰일을 당했을 때 금방 드러난다. 자기가 한 대로 돌아온다. 따라서 서운해 해서도 안 된다.

경조비는 분수에 맞게 하면 된다. 지나침은 부족함만 못하다. 그것 또한 인플레가 된다. 액수가 점점 커지고 있는 것이다. 월급쟁이에게는 반갑지 않은 소식이다. 남을 따라 하다가는 큰 코 다친다. 받는 사람 역시 주는 쪽의 성의를 먼저 생각해야 한다. 많고 적음을 따져 사람을 차별해서는 안 될 일이다.

애경사를 최대한 챙기는 편이다. 청첩장도 많이 날아오지만, 부음란을 읽고 상갓집을 들른다. 아내는 뭐 그럴 필요까지 있느냐고 하지만 내 나름의 생각이 있어서다. 오랜만에 지인들을 한자리에서 볼 수도 있다. 관계가 점점 소홀해져 가는 오늘날 이기에 여럿이 만날 수 있으면 좋지 않은가. 나도 주머니 사정이 넉넉한 것은 아니다. 다른 데 덜 쓰고, 찾아다니면 서로가 좋다. 아름다운 세상은 이렇게 만들어진다.

대중교통 예찬론자

승용차 없이는 움직일 수 없는 세상이 됐다. 지하철이나 버스 등 대중교통망이 발달했어도 승용차가 필수품이 된 지 오래다. 그래서 집보다 먼저 차를 구입한다. 자가용을 이용할 경우 편리한 점은 새삼 강조할 필요가 없다. 대학생까지 자가용족이 많다. 우리의 경제 규모가 그만큼 커졌다는 방증이기도 하다.

현직 판·검사들이 개업하면 제일 먼저 바뀌는 것이 있다. 대형 세단에 운전사를 고용하는 것. 부의 상징으로 여겨지기도 한다. 전직 검찰총수가 자가용 없이 출퇴근한다면 몇 명이나 믿을까. 분명한 사실에 나도 놀랐다. 그분의 사무실을 방문한 적이 있다. 얘기를 나누던 중 직접 들었다. 그는 2009년 7월 7일 개업했다. 4년째로 접어들었지만 여전히 자기용을 타지 않고 걸어서 출퇴근한다고 했다. 집에서 변호사 사무실까지 걸리는 시간은 대략 40분. 하루 왕복하면 1만 보 정도 된다고 하니 7킬로미터가량 걷는 셈이다. 그 까닭을 물었다. "갇혀 있는 것이 싫었습니다. 자유를 누리고 싶었습니다. 그 결과 건강도 매우 좋아졌습니다. 폭탄주 몇 잔도 거뜬히 할 수 있게 됐습니다." 앞으로도 자가용 없이 지낼 계획이라고 했다. 대중교통 예찬론자가 되어 있었다. 지하철을 주로 이용한다고 했다. 그는 엘리베이터까지 배웅해 주었다.

돈

인간의 욕심은 끝이 없다. 특히 재물욕은 부자지간, 형제지간 정도 갈라놓는다. 아버지와 아들 사이에 소송도 불사한다. 이런 집안의 경우 형제간 소송은 말할 것도 없다. '콩가루 집안'이라고 손가락질 받아도 아랑곳하지 않는다. 돈이 뭐길래. 있는 사람, 가진 자가 더하다. 더 많이 갖고 싶기 때문이다.

남을 도와주는 게 쉽지 않다. 현찰을 주는 것은 더더욱 어렵다. 술을 사고, 밥을 사는 것은 다반사로 한다. 그런데 돈을 달라고 손을 벌리면 바로 등을 돌린다. 그것이 인간지사다. 그렇다면 어떻게 해야 할까. 가까운 사이일수록 돈거래를 하지 말아야 한다. 그냥 주든지, 한 번 서운하더라도 딱 끊는 게 좋다. 그렇지 않으면 돈과 사람을 동시에 잃을 수 있다.

아내에게도 가끔 말한다. "절대로 남의 재물을 탐내지 마라. 더욱이 공것을 바라도 안 된다." 형제가 잘살면 은근히 바라는 경향이 있다. "혹시 도와주지 않을까. 나 같으면 보태줄 텐데." 입장이 바뀌면 달라질 수 있는데도 자기 위주로 생각한다. 모든 사람들이 똑같다. 아무런 조건 없이 돈을 건네기란 정말 어렵다. 익명의 독지가들이 그들이다. 재벌도 아니다. 그런 사람들이 있기에 세상은 아름답다.

2장

가족 자격 시험

세상에서 가장 따뜻한 곳이 있다면 어디일까. 아마도 부모님 품일 게다. 아무리 좁은 엄마 아빠의 가슴도 바다보다 넓고 따뜻하다. 우리네 모두는 그런 부모님 밑에서 컸다. 부모님을 평생 잊지 않고 받들어 모셔야 하는 이유다. 그것이 바로 효의 기본이랄 수 있다. 부모와 자식 간에 스킨십을 가장 많이 한다. 태어날 때는 부모가, 죽을 때는 자식이 몸을 받든다.

아내의 48번째 생일

세월이 참 빠르다. 아내를 만난 지도 26년이 지났다. 군대에 다녀와서 만났다. 꽃이 만발한 교정에서였다. 당시 아내는 대학 3년. 그렇게 생기발랄해 보일 수 없었다. 지금도 유쾌하지만 그때는 풋풋하기까지 했다. 모든 복학생들이 아내를 예뻐했다. 나도 그중의 하나였다. 아내는 사학과에 다녔고, 나는 철학을 전공했디. 같은 과가 아니어서 사학과 복학생들 틈에 끼어 아내를 만났다. 우리가 결혼한 것은 1987년 11월 17일. 신문사에 입사하고 채 1년이 안 돼 식을 올렸다. 신문사도 아내의 뜻에 따라 들어왔다. 1986년 제법 어렵다는 언론고시에서 두 군데 합격했다. 한 곳은 모 방송사 PD였다. 신문과 방송을 놓고 고민하다가 기자의 길을 선택했다. "형, PD되면 결혼 안 할 거야." 요즘 신문사가 어렵긴 하지만 후회하지 않는다. 역사의 현장을 지켜봤고, 많은 분들을 만났다. 나의 큰 재산이랄 수 있다.

오늘이 아내의 48번째 생일이다. 아들 녀석도 제대해 함께할 수 있게 됐다. 딸이 없는 우리 부부에게 아들은 보배다. 엄마의 말벗이 되어준다. 딸 역할도 해주는 녀석이 고맙기노 하다. 근사한 식당을 예약했다. 아내를 위해서, 아들을 위해서 분위기 있는 곳을 골랐다. 오늘만큼은 어느 부자 부럽지 않을 듯하다.

말년 여행

2009년 3월. 우리 가족 셋은 집을 나섰다. 아들 녀석의 입대를 앞두고 가족여행을 떠났던 것. 안동 하회마을을 가자는 아내와 녀석의 제안을 따랐다. 모두 초행길이었다. 서울에서 제법 거리가 멀었다. 고속도로를 이용하니 시간은 많이 걸리지 않았다. 하회마을은 사진에서, 텔레비전에서 본 그대로였다. 1시간 30분가량 걸으며 정취를 만끽했다.

허기진 배를 채우고 찾은 곳이 봉정사. 아주 오래된 절이었다. 선조들의 얼이 느껴졌다. 어머니 가슴 같은 푸근함이 묻어났다. 참배를 한 뒤 이곳저곳을 둘러봤다. 기와불사도 했다. 식구들의 건강을 빌었다. 녀석에게 말했다. "제대를 하면 꼭 다시 한 번 찾아오자." 아내와 아들도 고개를 끄덕였었다. 지금 아들 녀석이 말년 휴가를 나와 있다. "아빠! 봉정사를 갔다 오면 좋겠어요." 그래서 금요일 월차휴가를 냈다. 막 떠나려는 참이다. 나도 가슴이 뛴다.

여행은 언제나 설렘을 자아낸다. 아내는 어제 밤부터 준비에 한창이다. 하룻밤 자고 오기로 했는데 부산을 떤다. 녀석도 옆에서 맞장구를 친다. 숙소는 문경 대야산 휴양림을 이용하기로 했다. 거기도 처음 가보는 곳이다. 녀석은 다음 달 4일 제대한다. 말년 휴가를 엄마, 아빠와 하는 녀석이 고맙다.

구순 아버지의 딸 사랑

아버지는 예순이 내일모레인 딸을 애정 어린 눈으로 쳐다봤다. 눈에 넣어도 아프지 않은 모습이었다. 그렇다. 부모 자식 간에는 나이의 간극이 없다. 딸도 한없이 사랑스러워 보였다. 아버지는 딸이 어리광을 부려도 받아줄 눈치였다. 가장 아름다운 한 장면을 봤다. 그 딸은 현재 항암치료 중이다. 완치에 기까울 징도고 건강이 회복됐다. 웃는 모습이 마치 소녀와 같다.

나에게 세 번째 에세이집《여자의 속마음》을 안겨준 독자와 만났다. 인천의 한 기관에서 특강을 하고 돌아오는 길에 자리를 함께했다. 그분의 부모님도 뵈었다. 일전에 한 번 뵙고 싶다는 말씀을 드렸었다. 아버님은 올해 91세. 아직도 현역으로 활동 중이시다. 젊어 보이신다는 말씀을 들었지만, 60대 후반이나 70내 초반으로 보이셨다. 20년 세월을 기꾸로 사시는 것 같았다. 그 비결을 물어봤다. "좋은 생각을 하고, 긍정적으로 살지요. 또 마음을 비워야 해요." 지극히 단순한 논리를 폈다.

어머니는 82세. 어머니 역시 정정해 보이셨다. 어느 어머니와 마찬가지로 헌신적으로 살아오신 것 같았다. 지금도 운전을 하신다고 했다. 딸은 구순의 아버지와 팔순의 어머니를 의지 삼아 암을 물리치고 있었다. 이처럼 기적도 일어난다.

아주 특별한 결혼식

"딸내미에게 오 선생님 댁 주소를 알려줬더니 청첩장을 보내드렸다고 해요. 참석해 주시면 영광이겠습니다만 혹시 오실 수 없으셔도 알려 드리는 게 예의니까요. 참 영락교회는 화환을 놓지 못하게 해서 화환은 못 들어간다고 합니다. 참고하셔야 할 것 같아서요. 존재 자체만으로도 힘을 주시는 오 선생님께 늘 감사하고 있습니다."

보름 전쯤 의미 있는 메일을 받았다. 결혼식에 아주 정중히 나를 초대했다. 암 투병 중인 지인이 둘째 딸을 여의기로 한 것. 딸내미가 시집간다는 것은 두 달 전쯤 알고 있었다. 그때 얘기를 듣고 미리 날짜를 표시해 뒀었다. 꼭 참석해야 할만한 사연이 있었다. 보통 결혼식이 아니기 때문이다.

엄마는 남편과 사별한 뒤 두 딸과 함께 살았다. 두 딸 모두 효녀였다. 결혼 적령기에 든 딸들은 고민에 빠졌다. 엄마를 보살펴야 하는 입장과 결혼. 마침내 둘째 딸이 먼저 시집을 가기로 한 것. 엄마와 동생을 사랑하는 언니의 마음씨가 정말 곱다. "큰 애도 성격이 참 좋아요. 어디 좋은 배필 있는지 찾아보세요." 엄마의 큰딸 걱정이다. 그렇다. 우리네 부모는 항상 자식 걱정을 먼저 한다. 신부의 표정이 무척 밝았다. 엄마도 한껏 고무된 표정이었다. 한없는 모녀간의 사랑이 느껴졌다.

아내를 위하여

아내는 남편에게 어떤 존재인가. 옆에 있을 때는 잘 모른다. 가장 소중한 존재인데도 그것을 잊어버리곤 한다. 고마움은커녕 윽박지르기 일쑤다. 주위에서 이런 모습들을 심심찮게 본다. 아주 못난 남편들이다. 그럼에도 아내, 엄마들은 헌신적이다. 남편과 자식들을 위해 희생을 아끼지 않는다. 우리의 엄마들이 아빠보다 더 존경받는 이유다.

모처럼 아내와 단 둘이 나들이를 했다. 바람도 쐬어줄 겸 내가 먼저 제안했다. "우리 드라이브나 할까. 맛있는 것도 먹고……." 아내도 흔쾌히 동의했다. 한 번 가본 적이 있는 파주 헤이리로 정했다. 오고 가는 길은 자유로를 이용했다. 뻥 뚫린 길이 가슴까지 시원하게 해 준다. 화덕피자집에서 점심을 때웠다. 음료수를 곁들인 점심값은 2만2000원. 어떤 값비싼 음식보다 맛이 있었다.

근처 유명 아울렛에 들렀다. 휴일이라서 사람들이 크게 붐볐다. 가족 단위의 이용객이 많았다. 아내에게 물건을 사줄 요량으로 몇 군데 가게를 둘러봤다. 아내는 나의 주머니 사정을 아는지 저렴한 것만 몇 개 골랐다. 쇼핑에 든 돈은 15만 원이 채 안 됐다. 그래도 아내는 기뻐했다. 부부지간에는 돈보다 정성이다. 아내를 위하는 마음은 아무리 강조해도 지나치지 않다.

스킨십

세상에서 가장 따뜻한 곳이 있다면 어디일까. 아마도 부모님 품일 게다. 아무리 좁은 엄마 아빠의 가슴도 바다보다 넓고 따뜻하다. 우리네 모두는 그런 부모님 밑에서 컸다. 부모님을 평생 잊지 않고 받들어 모셔야 하는 이유다. 그것이 바로 효의 기본이랄 수 있다. 부모와 자식 간에 스킨십을 가장 많이 한다. 태어날 때는 부모가, 죽을 때는 자식이 몸을 받든다.

가족 간의 스킨십은 많을수록 좋다. 당연히 대화도 많아지고 화목해진다. 아이들이 아주 어릴 때부터 몸에 배도록 하는 것이 가장 좋다. 엄마 아빠와 함께 하는 목욕도 그중의 하나다. 자식의 성장하는 모습을 보면서 기쁨을 얻을 수 있다. 아이가 어른이 되어가는 과정도 지켜본다.

스물네 살짜리 아들이 있다. 군에도 갔다 왔다. 녀석을 지금도 매일 끌어안아 준다. 한없이 사랑스럽다. 녀석도 아빠 품이 좋다고 자주 안긴다. 파파보이 아니냐고 놀려댈 수도 있다. 그렇지 않다. 비록 성인이 됐지만 자식은 자식이다. 부모에게서 따뜻한 사랑을 받은 자식은 바르게 큰다. 녀석 역시 몸가짐은 별로 흠잡을 데가 없다. 스킨십에서 왔다고 본다. 자식은 부모를 닮는다고 하지 않는가. 몸가짐에 신경쓰는 이유이기도 하다.

못된 자식, 착한 부모

세상엔 착한 자식보다 착한 부모가 많은가 보다. 아내에게 들은 얘기가 귀에서 지워지지 않는다. 60대 노부부의 얘기다. 아버지는 환경미화원으로 일했다. 엄마는 빌딩 청소부로 가계를 도왔다. 맞벌이를 했던 것이다. 슬하에 자녀는 2남 1녀. 모두 명문대학을 나왔다고 했다. 셋 다 결혼도 했다. 이제는 두 부부만 산다. 남이 보기에는 부족함이 없어 보인다.

그러나 이들 부부의 얘기를 들노라면 분노마저 생긴다. 세 명의 자식 모두 집과 연락을 끊었다고 했다. 결혼한 뒤 한두 번 찾아오다가 아예 들르지 않는다고 했다. 지난 추석 날. 부부는 조상 차례를 지낸 뒤 안양천변 정자를 찾았다. 점심 때 송편과 전을 싸 가지고 와서 먹었다. 몇 해 전부터 그렇게 한단다. 부부는 마침 그곳을 지나던 아내의 지인을 불러 나눠 먹었다.

지인은 '자식들이 원망스럽지 않느냐'고 물었단다. "애들이 잘살면 됐지요. 바빠서 못 오겠지요. 우리는 할 도리를 다 했다고 생각해요." 부부는 그렇게 말했다. 자식들 원망을 할 만할 텐데도 감싼다. 그것이 부모의 마음이다. 그 지인은 부모가 없다. 효도를 하려고 해도 안 계시면 못 한다. 살아 계실 때 한 번 이라도 더 찾아뵈어야 한다. 못된 자식들이 밉다.

널 닮은 딸을 낳으면 안 돼

자식 자랑은 팔불출이라고 한다. 자기 자식 못됐다고 하는 사람들은 거의 없다. 남은 어떨지 몰라도 자기 눈에는 예뻐 보이기 때문이다. 그것이 부모의 마음이다. 아들 딸 자랑할 때는 남의 눈치도 잘 보지 않는다. 열을 올려 얘기한다. 어른끼리 모이면 주요 관심사가 비슷하다. 최근 한 모임에서도 자식들 이모저모가 화제에 올랐다. 한 엄마가 머쓱했던지 '돈을 내고 얘기해야 한다'며 아들 딸 얘기를 먼저 꺼냈다. 그 엄마는 자랑이 아니라 서운한 감정을 토로했다. 아들과 딸이 한 명씩 있는데 살갑지 않다는 것. 아들 녀석은 그렇다 치고, 딸이 너무 무뚝뚝하다고 했다. 다른 딸들은 엄마와 친구처럼 지내는데 그 딸은 별로 말이 없다는 것. 엄마가 아파도 전화 또는 문자메시지 한 통 없다고 서운해했다. 한 번은 딸에게 이처럼 말했단다. "널 닮은 딸을 낳으면 안 돼." 그 말을 듣고 딸이 눈물을 주르르 흘리더란다. 성격이 그런 걸 어떻게 하느냐면서…….

이처럼 부모도 자식에게 서운한 것이 있다. 특히 집에 있는 엄마에게 관심을 보여줄 필요가 있다. 엄마는 자식들에게 모든 것을 건다. 그것의 10분의 1이라도 알아야 한다. 다행히 우리 집은 아들 녀석이 딸 몫까지 한다. 애교 만점인 녀석이 사랑스럽다.

사위도 자식이다

요즘 부모를 모시는 자식이 흔치 않다. 결혼하면 분가하는 것을 당연시 여긴다. 부모들도 자식과 함께 사는 것을 생각하지 않는다. 그러다 보니 혼자 사는 노인들이 많다. 자다가 죽어도 모를 판이다. 같은 아파트에 혼자 살고 계신 할머니가 있다. "나는 건강해야 돼. 혼자 자다가 죽으면 안 되잖아. 댁의 어머니는 얼마나 좋아. 딸하고 함께 살고 있으니……." 그 할머니가 아내에게 한 말이란다. 자식과 같이 살았으면 하는 마음이 읽혀진다.

장모님을 모시고 산 지 19년째다. 장인도 함께 모셨었는데 93년 봄 돌아가셨다. 우리 부부는 장모님에게서 더 큰 혜택을 받았다. 우선 아들 녀석이 곱게 자랐다. 할머니가 키운 손자는 대부분 바르게 큰다. 엄마, 아빠보다 극진한 사랑으로 보살핀다. 그런 분위기 속에서는 아이들이 비뚤어지지 않는다.

사위 사랑은 장모님이라고 했다. 친어머니 이상으로 가까워질 수 있다. 가끔 주례를 볼 때마다 빼먹지 않는 것이 있다. "사위노 자식입니다. 장모님이 사위를 힘껏 안아 주세요." 사위가 처가 쪽에 잘하면 며느리도 시댁에 최선을 다한다. 더 바람직한 것은 어느 쪽이든 모시고 사는 것이다. 돌아가신 다음에 후회해야 소용없다. 살아 계실 때 효도하자.

아버지는 집안의 큰 산이다. 가장(家長)도, 호주(戶主)도 아버지다. 요즘은 맞벌이가 대세지만, 옛날에는 아버지가 모든 것을 책임지셨다. 때문인지 아버지의 어깨는 항상 무거웠다. 아버지가 일찍 돌아가시면 집안은 엉망이 됐다. 심지어 가족끼리 뿔뿔이 흩어지기도 했다. 블로그를 통해 알게 된 분에게 졸저 《남자의 속마음》을 보내드렸다. 바쁜 와중에도 책을 모두 읽고 서평을 올린 것 같다. 그 내용이 내 책보다 훨씬 가슴 뭉클하다. 아빠에 대한 사랑이 절절하다. 그분은 딸만 둘인 집안의 맏이. 아버지가 심장수술을 받은 적이 있다고 했다.

"아빠는 나의 보호자라고 생각했었는데 이젠 내가 아빠의 보호자가 된 것이다. 아빠가 돌아가시면 어쩌나 싶고 늘 아빠의 보호막 아래에 있었는데 보호막이 사라진다는 두려움으로 내 심장은 쿵쿵 뛰었다. 아빠가 나으시면 아들이 없는 아빠에게는 내가 보호자고 아들대신이니 잘해드려야겠다고 다짐도 했었다. 무사히 수술은 끝났고 다시 일상은 굴러가고 있다. 우리가 이해하지 못한 사이에 아빠의 속마음은 어땠을까. 나도 약간 애교가 부족한 딸내미라 말하긴 쑥스럽지만 아빠 사랑해요. 오래오래 건강하세요! 라고 문자메시지를 넣어볼 참이다. 아빠는 어떤 대답을 할까? 아빠 사랑해요."

어보, 우리 오래 살자

부부만큼 더 가까운 사이도 없다. 적어도 헤어지기 전까지는 그렇다. 그래서 일심동체라고 했을까. 그러나 헤어지면 바로 남남이 된다. 남남이 되지 않으려면 정말 사이좋게 잘 살아야 한다. 결혼과 동시에 모든 부부들이 똑같은 맹서를 한다. "검은 머리 파뿌리가 될 때까지 행복하게 살자." 그런데 1년, 아니 한 달도 안 돼 헤어지는 쌍도 본다. 안타까운 일이 아닐 수 없다.

나이 들면 부부끼리 함께하는 시간이 많다. 집에서 지내는 시간이 많아지기 때문이다. 아무리 친한 친구도 아내, 남편보다 가깝지는 않다. 부부는 영원한 친구인 셈이다. 그러려면 오래 살아야 한다. 둘 다 백년해로할 수 있다면 더 이상 바랄 것이 없겠다. 하지만 세상은 뜻대로 돌아가지 않는다. 또 부부가 한날한시에 죽을 수도 없다. 그것은 이상일 뿐이다.

요 며칠 아내가 아팠다. 어지럼증이 또 다시 도진 것. 몇 년 전에도 같은 증세로 고생을 했다. 어지럼증도 아파본 사람만 안다. 죽을병은 아니라고 해도 아주 고통스럽다. 세상이 빙빙 도는 느낌. 나도 경험해봤던 터라 아내의 고통을 이해하고도 남았다. 다행히 며칠 만에 호전됐다. 새벽녘 아내의 조그만 손을 잡았다. "인재 엄마, 우리 오래 살자."

결혼 24주년

1987년 11월 17일. 우리 부부에겐 역사적인 날이다. 그날 우리는 백년가약을 맺었다. 나는 직장 1년차, 아내는 대학을 졸업하던 해였다. 당시 아무런 준비도 없이 결혼했다. 지금 생각해도 아내에게 미안하기 짝이 없다. 예물은 물론 신혼 살림집도 초라했다. 요즘 역시 나아진 것은 별로 없다. 내가 무능한 탓일까. 열심히 산다고 했지만, 허전함을 지울 수 없다. 바쁘다는 핑계로 아내를 챙겨주지 못했다. 항상 미안한 마음뿐이다. 평일은 평일대로, 주말은 주말대로 내 생활만 좇았다. 그래도 아내는 불평하지 않았다. 몇 해 전부터 가족과 시간을 많이 가지려 노력하는 중이다. 토요일과 일요일 중 하루는 함께하고 있다. 가족들이 그렇게 좋아할 수가 없다. 나 또한 같이 있는 것만으로도 즐겁다. 진작 그럴 것, 거듭 미안함을 느낀다.

며칠 있으면 결혼 24주년이 된다. 마침 아들 녀석도 군에서 제대해 온 가족이 함께할 수 있게 됐다. 녀석은 엄마, 아빠 둘이서 시간을 보내라고 한다. 작지만 의미 있는 행사를 하고 싶다. 이틀 정도 휴가원을 낼 계획이다. 아내와 함께 바람도 좀 쐬고, 저녁은 가족 외식을 생각하고 있다. "가족과 많은 시간을 갖지 못한 것이 후회됩니다." 스티브 잡스의 말을 가슴에 새기자.

3장

내 인생은
내가 가꾸는 밭

인생에는 부침이 있다. 순탄한 사람이 아주 없진 않겠지만 많지 않을 터. 이런 일 저런 일을 겪게 된다. 흔히 산전수전을 다 겪었다고 말한다. 그래서 더 살만한지도 모른다. 영원은 희망사항이다.

골프와 인생, 마음을 비워라

골프를 하면서도 늘 조심스럽다. 아직도 많은 사람에게 이질감이 있기 때문이다. 그린피도 비싸고, 부킹도 쉽지 않다. 그림의 떡이랄까. 하지만 재미있는 것은 부인할 수 없다. 남녀노소 누구나 할 수 있어 그렇다. 80대, 90대에도 할 수 있다. 나도 마흔한 살에 입문했다. 주변의 권유가 많았다. 마침 아들 녀석도 중학교에 들어가 부담 없이 채를 잡았다. 그러나 실력은 여전히 초보다.

우선 연습을 하지 않는다. 집에서 100미터 거리에 연습장이 있는 데도 안 간다. 한 달에 한두 번 필드에 나가는 게 고작이다. 그러니 실력이 늘 수 있겠는가. 모든 것은 뿌린 만큼 거둔다. 새벽에 집을 나서며 다짐을 한다. '머리를 들지 말자. 힘 빼고 치자. 스윙은 천천히 하자.' 이론상 맞다. 하지만 채만 잡으면 힘이 들어간다. 공이 제대로 나갈 리 없다.

모처럼 유쾌한 라운딩을 했다. 고교 동문들과 필드를 돌았다. 정말로 마음을 비우고 쳤다. 보기를 목표로 했다. OB를 한 개도 내지 않았다. 골프를 한 이래 처음이다. 공 1개로 라운딩을 마치는 게 꿈이었는데 그것을 이뤘다. 전반은 46개, 후반은 45개. OK를 받지 않고 거둔 결과다. 마음을 비우면 공이 똑바로 간다. 인생살이도 그럴 터. 마음을 비우자.

양심불량 주민

모든 게 남의 일만이 아니다. 남에게 생길 수 있는 일은 나에게도 일어난다. 그래서 항상 조심해야 한다. 그것이 세상의 이치다. 아파트에 살다 보니 이런저런 일들을 겪는다. 주민끼리 다투기도 한다. 나 역시 남의 일로만 알았다. “저 사람들은 무엇 때문에 싸우나. 실없는 사람같이…….” 혼잣말로 중얼거리며 지나치곤 했다. 무슨 사연이 있을 텐데도 말이다.

오후에 서울의 한 경찰서에서 특강을 하고 왔다. 차를 주차시키고 내리는 순간 뒤 범퍼 쪽에 흰색 페인트가 묻어 있었다. 처음엔 먼지려니 생각했다. 그런데 자세히 보니 접촉사고가 난 것이었다. 긁힌 자국도 상당히 크고, 흉했다. 그냥 타고 다닐 수 없는 상태였다. 특강 전 모처에 들렀는데 그곳에서 사고가 난 줄 알았다. 그러나 CCTV 확인 결과 아니었다.

혹시 아파트 주차장에서 그랬을지도 몰라 경비원에게 부탁했다. CCTV를 확인한 결과 아파트에서 일어난 사고였다. 흰색 레조 승용차가 후진하면서 내 차를 들이받은 뒤 황급히 나가는 모습이 잡혔다. 시간은 아침 6시 53분. 운전자는 녹색 우산을 쓴 여자 분이었다. 사고의 정도로 봐서 모를 리 없었다. “양심불량 주민을 찾습니다.” 뒤늦게라도 사과한다면 받아들일 참이다.

이렇게 하루가 길 줄이야

하루는 24시간. 누구에게나 똑같다. 길다면 길고, 짧다면 짧다. 할 일 없는 사람에겐 지루할 것이다. "왜 이렇게 시간이 안 가. 심심해 죽겠네." 입버릇처럼 내뱉는다. 그러나 바쁜 사람에겐 시간이 너무 빨리 간다. "벌써 하루가 다 갔네. 할 일이 태산같이 많은데……." 일이 행복한 사람들의 비명이다. 그러나 시간은 아껴야 한다. 그냥 허비하는 것은 낭비다.

금요일 오후 친구에게서 전화가 왔다. "내일 조조 영화 보고 맛있는 점심식사 하면 어때. 메시지 보냈으니까 보고 연락 줘." 부부 동반으로 아침 8시 30분 영화를 보잔다. 이른 시간임에 틀림없다. 남자들은 그렇다 치고, 아내들에겐 부담스런 시간이다. 밥하랴, 화장하랴 서둘러야 한다. 다소 아침잠이 많은 아내에게 알렸디. "알았어. 새벽밥을 먹어야 되겠네." 친구 아파트 주차장에서 아침 8시 만났다. 친구 부부는 우리 부부를 위해 정성껏 커피를 내려 들고 왔다. 영화를 보고 나니 10시 40분이었다. 근처 커피숍으로 옮겨 차를 마셨다. 점심 식사 후 커피를 마치고 헤어진 시간은 오후 1시. 집에 오니 1시 30분이었다. 영화를 포함 4곳에 들르고도 시간적 여유가 있었다. 아내 왈 "이렇게 하루가 긴 줄 몰랐네." 조조영화 OK 란다.

머리 염색 어찌할까

"국장님, 빨리 염색해. 젊은 사람이 그게 뭐야. 돈도 들어오지 않는대." 단골집에 들를 때마다 여사장님에게서 핀잔 아닌 성화를 듣는다. 반백을 넘어선 내 머리를 보고 하는 것. 거울을 봐선 그렇게 하얗지 않다. 그러나 사진을 보면 백발에 가깝다. 아직 염색을 생각해 보지 않았다. 앞으로도 하지 않을 생각이다. "있는 그대로 살면 되지." 주위에서 염색하라는 말을 들을 때마다 이렇게 답한다.

흰 머리 때문에 에피소드도 많다. 지하철을 타면 종종 자리를 양보받는다. 머리만 보고 자리를 내준다. 그런데 자리를 양보한 사람이 고개를 갸웃한다. 얼굴을 봐선 그렇게 나이 들어 보이지 않기 때문일 터. 백화점에선 웃지 못할 일도 겪었다. 젊어 보이는 아내를 딸로 봤던 것. "아버님 아니세요." 손사래를 치는 나를 보고 점원들이 미안해한다.

아내를 위해서 머리를 염색해야 할까. 아들 녀석도 '할아버지처럼 있지 말고 염색 좀 하라' 며 성화다. 단골 이발사에게 자문을 구해본다. "염색하지 마세요. 그대로 자연스러운데요." 흰머리는 그렇다 치자. 눈썹도 하얗게 변한다. 산신령이 되어 가는 모습이다. 5~10년 후 내 모습은 어떨까. 백발의 신사라도 좋다.

영원히 잘나갈 순 없다

인생에는 부침이 있다. 순탄한 사람이 아주 없진 않겠지만 많지 않을 터. 이런 일 저런 일을 겪게 된다. 흔히 산전수전을 다 겪었다고 말한다. 그래서 더 살만한지도 모른다. 영원은 희망사항이다. 평생 부자, 평생 거지는 없다. 부자가 하루아침에 망하기도 하고, 가난한 사람이 갑부가 되기도 한다. 물론 사연은 있기 마련이다. 그냥 저절로 되는 일은 없기 때문이다. 흔히 '잘나간다'는 말을 많이 쓴다. 성공한 사람들을 일컫는다. 돈이 많다든지, 지위가 높을 때 빗대서 말한다. 그러나 잘나가는 것도 순간이다. 정작 당사자는 모른다. 영원히 잘나갈 줄 알고 착각한다. 돈을 펑펑 쓰고, 호기를 부린다. 그러는 사이 기초가 흔들린다. 모래성이 무너지듯 차츰 가라앉는다. 후회했을 때는 이미 늦다. 그것이 이치인데도 뒤늦게 깨닫는다.

정말 잘나갔던 지인이 있다. 부와 명예를 함께 가지고 있었다. 그가 고생하리라고는 꿈엔들 생각지 못했다. 제3자의 생각도 그런데 본인은 오죽했겠는가. 크게 바뀐 그의 모습을 봤다. 점심 식사 후 인스턴트커피를 권했다. "요즘은 기름 값은 물론 커피 값도 아낍니다." 진작부터 그랬더라면 어땠을까. 영원히 잘나갈 순 없는 법. 잘나갈 때 한 번쯤 자신을 되돌아봐야 한다.

욕심이 화를 부른다

이 세상에 욕심 없는 사람은 없다. 누구든지 더 많은 것을 갖고 싶어 한다. 부자는 부자대로, 거지는 거지대로 그것을 꿈꾼다. '욕심이 없다'고 말하는 이들도 있다. 거짓을 하고 있는 것이다. 물론 욕심이 적을 수는 있다. 정도의 차이만 있다고 보면 될 것 같다. 그런데 많은 사람들이 자기 자신을 속인다. 욕심이 화를 불러오는데도 자신은 아니라고 강변한다. 그러다가 뒤늦게 깨닫고 후회하곤 한다.

무작정 일을 벌이는 이들이 있다. 시작부터 해놓고 좋은 결과를 기다린다. 요행을 바란다고밖에 할 수 없다. 이런 경우 성공 확률은 얼마나 될까. 제로에 가깝다. 이 같은 사실을 모를 리 없는데도 덤벼든다. 그다음 상황은 참혹하다. 패가망신하는 경우를 종종 본다. 가정은 풍비박산 나고, 가족들도 뿔뿔이 흩어진다. 욕심이 지나쳐 한 치 앞도 못 본 결과다.

어떻게 하면 화를 면할 수 있을까. 우선 욕심을 버려야 한다. 아주 없앨 수는 없는 만큼 자제하는 것이 옳을 듯싶다. 욕심을 부린다고 안 될 일이 되지 않는다. 무릇 일은 순리대로 진행된다. 최선을 다한 뒤 결과를 기다리는 것이 정도다. 그렇다면 나는 어떨까. 무욕(無慾)을 목표로 매일 매일 나를 돌아본다.

밥 사는 기자가 되라

밥. 사람이 먹지 않고서는 살 수 없다. 살기 위해서 먹는다고 할까. 밥심으로 버틴다고도 한다. 어쨌든 밥은 중요하다. 직장인이라면 적어도 한 끼 이상 밖에서 해결해야 한다. 돈을 주고 사먹어야 한다는 얘기다. 둘 이상 식당에 갈 경우 밥값 때문에 고민들 한다. 누군가는 계산해야 하는데 선뜻 나서려 하지 않는다. 결국 마음 약한 사람이 돈을 낼 때가 많다. 있는 사람은 여유 부리고, 오히려 없는 사람이 앞장선다.

내가 강의할 때 종종 하는 얘기가 있다. 밥을 살 줄 알아야 한다고 강조한다. 특히 기자와 공무원은 밥을 얻어먹는 경우가 많다. 항상 갑의 위치에 있다고 생각하기 때문이다. 계산은 당연히 다른 사람의 몫쯤으로 여긴다. 몸에 배다 보니 지갑을 열 줄 모른다. 아주 나쁜 습관이다. 남이 대여섯 번 밥을 사면 자신도 한 번쯤은 계산할 줄 알아야 한다. 적어도 시늉이라도 해야 하는데 철면피가 적지 않다고 본다.

나 역시 기자 생활 만 25년째다. 밥을 얻어먹을 때가 훨씬 많았다. 한 번은 전문지와 인터뷰를 했다. "한 출입처를 9년 가까이 나갔던데 그 비결은 뭡니까." 짧게 대답했다. "무엇보다 상식과 도덕률입니다. 그다음은 밥 사는 기자가 되십시오."

새벽을 즐기는 법

불면증 환자에게 밤은 지옥이다. 아무리 잠을 청하려고 해도 눈이 맑아진다. 엎치락뒤치락하기를 수없이 반복한다. 뜬 눈으로 밤을 지새울 때가 많다. 고통을 당해 보지 않은 사람은 모른다. 잠은 하늘이 주신 축복이라고 했거늘……. 잠을 잘 자는 것도 큰 복이다. 단지 그 고마움을 모를 뿐이다. 인생 3분의 1은 잠으로 보낸다. 결코 짧은 시간이 아니다.

나의 요즘 기상 시간은 2시 30분 전후다. 이전보다 1시간 정도 빨라졌다. 그 전에는 3시 30분쯤 일어나 하루를 시작했다. 새벽의 1시간은 길다. 모두 잠든 시각. 창문 밖으로 저 멀리 자동차 지나가는 소리만 들린다. 이제 고요함은 내 친구가 됐다. 전혀 낯설지도 않다. 오히려 편안함을 느낀다. 그러나 식구들에겐 미안하다. 혼자 거실에 나와 달그락거리니 잠을 설치게 한다. 아무리 살짝 움직인다고 해도 소음이 아닐 수 없다.

새벽 5시까진 혼자만의 시간이다. 이때 글도 쓴다. 머리가 맑기 때문에 상쾌하다. 나머지 시간은 책을 본다. 그 기쁨 또한 경험해본 사람만 안다. 따라서 나는 축복받은 사람이다. 5시 정각에 근처 공원으로 나간다. 걷기 위해서다. 약간의 땀이 난다. 걷기는 또 다른 청량제다. 새벽을 즐기자.

홀인원의 꿈

골퍼들에게 평생소원은 뭘까. 아마도 홀인원일 것이다. 상상만 해도 짜릿하다. 그 기쁨은 무엇에 견줄까. 무엇보다 홀인원은 행운을 가져다준다는 속설이 있다. 사업을 하는 사람들이 갈망하는 이유다. 최소한 3년은 재수가 있단다. 실제로 홀인원을 기록한 이들은 승승장구하기도 한다. 물론 실패한 사람도 없지는 않은 터. 그래도 골퍼라면 그것을 해보고 싶어 한다.

"저는 꼭 홀인원을 할 겁니다. 그 가능성이 점점 다가오고 있는 것 같아요." 어느 출판사 사장의 얘기다. 왜 목을 매느냐고 물어봤다. "사업도 잘되고, 행운을 안겨준다고 하지 않아요." 그가 골프에 미친 사람은 아니다. 출판사 일도 정말 열심히 한다. 항상 노력하는 자세가 아름답다. 작가를 배려하는 마음씨도 남다르다. 성품이 곱기에 홀인원의 꿈도 이루길 빈다. 내 구력도 십 수 년이 된다. 그러나 여전히 초보단계를 벗어나지 못하고 있다. 걷는 데 의미를 더 두기 때문이다. 연습은 아예 하지를 않는다. 한 달에 한두 번 필드 나가는 것으로 대신한다. 그런데 이글은 기록한 적이 있다. 몇 해 전 제주의 한 골프장에서다. 356미터짜리 미들홀이었는데 110미터 남겨두고 러프에서 친 공이 그대로 들어갔다. 그때의 손맛을 생각하면 지금도 전율이 느껴진다.

새벽의 밀어

"요즘 기상시간은 2시 내외. 오늘은 1시 30분에 일어나 글을 쓰고 문자메시지를 띄우네. 그리고 4시쯤 당산공원에 운동하러 나가지. 인재엄마는 나를 보고 노인네 다 됐다고 성화야. 우리 회사도 오늘 창립기념일 일세. 입사한 지도 만 25년이 되어가고. 세월 무지 빨라. 참 인재엄마가 자네 늙지 말래. 또 한 주 힘차게 열어 가세." 내가 3시 40분에 친구에게 띄운 메시지다.

친구와는 매일 새벽 이 같은 대화를 나눈다. 가족들의 수면을 방해하지 않기 위해 메일을 주고받는다. 나의 기상시간은 보통 3시 안팎. 친구는 4시쯤 일어난다. 나는 걷기운동을 하고, 친구는 산악자전거를 탄다. 둘 다 '새벽족'이랄까. "참 부지런하구먼. 나는 아침 5시 30분에 시작하는 인문학 중 맹자와 노자의 도덕경 공부하러 가네. 참, 늙지 않겠다고 말씀 올리게나. 축하." 친구의 짧은 메시지다. 보낸 시간은 4시 35분.

내가 강연 때마다 빼먹지 않고 강조하는 대목이 있다. 바로 '새벽을 즐기라'는 것. 부지런한 사람은 실패할 확률이 적다. 그만큼 성공가능성도 높아진다. 일을 하는 시간이 늘어나므로 기대 효과도 크다. "지금보다 기상 시간을 1시간만 당겨 보세요. 새로운 세상이 열립니다."

매미

　　도회지에서는 동물을 보기 어렵다. 기껏해야 애완용 개나 고양이 정도다. 둘은 사람보다 더 대접받기도 한다. 더러 제비나 까치는 볼 수 있다. 비둘기도 종종 눈에 띈다. 그러나 시골에서는 널려 있는 게 동물이다. 소, 돼지, 닭, 오리 등 흔히 볼 수 있다. 아이들에게는 친구가 되어 준다. 엄마 아빠가 일터에 나가면 함께 뛰어논다. 정서 함양에도 도움이 될 터다.

　　요즘 매미 소리가 한창이다. 동이 트기 전부터 울어댄다. 어찌나 울음소리가 큰지 잠을 깨우기도 한다. 매미는 밤낮을 가리지 않는다. 새벽은 물론 한낮, 한밤중에도 울어댄다. 우리 아파트에도 매미가 많다. 합창을 하면 귀가 따가울 정도다. 나무에서 실컷 울어대다가 심심하면 유리창 방충망에도 달라붙어 소리를 지른다. 가까이서 인간을 보고 싶은 때문일까. 부채질을 해대도 날아가지 않는다. 지칠 듯하다 날아간다.

　　매미 소리를 자장가쯤으로 듣는 사람은 적을 것이다. 오히려 소음으로 여겨 쫓으려고 난리를 피운다. 그러나 한 번 더 생각해보자. 아침잠을 깨우는 자명종 역할을 한다. 그렇다면 분명 이로운 곤충이다. 인간과 동거 동락할 필요가 있다는 얘기다. 모든 생명체는 영혼이 있다. 인간만 우쭐해서는 안 된다.

예수가 친구라니…

독서의 중요성은 아무리 강조해도 지나치지 않다. 처음부터 모든 것을 알고 태어난 사람은 없다. 독서를 수단으로 지식을 쌓는다. 내가 다 알 수 없는 만큼 남이 쓴 책을 통해 간접 경험을 한다. 독서량이 방대한 사람은 사유의 폭도 크다. 부모님이 자식들에게 독서를 강권하는 이유다. 책은 마음의 양식이다. 읽고 나면 뿌듯해진다. 성취감도 맛본다. 정상에 오른 기분이랄까.

본격적으로 글을 쓰기 시작한 이후 책을 멀리하고 있다. 이유는 단 한 가지. 내 색깔을 내기 위해서다. 남의 글을 많이 읽다 보면 나도 모르게 따라가는 경향이 있다. 모방은 쉽다. 장편(掌篇) 에세이에 몇 구절 인용할 경우 그대로 끝난다. 내 글은 500자가 채 못 된다. 거기에 내용을 담고 메시지를 남기려면 나만의 글을 써야 한다. 모방 대신 창작을 해야 한다는 얘기다.

"예수, 석가모니, 공자가 이 친구의 친구입니다. 그들과 같은 반열에 있다고 얘기합니다." 어느 모임에서 친구가 참석자들에게 나를 소개하면서 한 말이다. 사람들이 이상한 눈빛으로 나를 쳐다본다. 예수가 친구라니……. 얼마나 황당한 말인가. "어디 사상가가 따로 있습니까. 자기 철학이 있으면 되지요." 내 삶의 방식을 대신 설명해 줬다.

가장 행복한 시간

하루 중 언제 가장 행복할까. 사람마다 다를 것이다. 오전이 행복한 사람이 있을 게고, 오후가 좋은 사람도 있을 터. 야행성 인간은 밤에 더 행복을 느낄 듯싶다. 따라서 어느 것이 좋다 나쁘다 구분하는 것은 의미가 없을 것 같다. 어느 때고 내가 행복하면 되기 때문이다. 행복은 즐기면 된다. 그리 멀리 있지도 않다. 주변 등 가까운 데서 찾으면 된다.

내가 가장 좋아하는 시간은 새벽 2시부터 6시까지 4시간. 남들이 잠잘 시간이다. 나는 그때 일어난다. 물론 일찍 자기 때문에 수면 시간은 충분하다. 저녁 약속은 거의 하지 않으므로 밤 9시 전후해 잠자리에 든다. 하루 5시간가량 잠을 자는 셈이다. 일어나자마자 거실로 나온다. 먼저 냉수를 한 컵 마신다. 그다음 커피를 한 잔 타 가지고 컴퓨터 앞에 앉는다. 글쓰는 작업을 시작하는 순간이다. 매일 일기 쓰듯 짧은 글을 쓴다. 그렇게 행복할 수가 없다. 개인 블로그와 다음 아고라에 들어가 동시에 글을 올린다.

"새벽인데 잠을 못 주무시는 건지, 일찍 일어나신 건지. 수고하십시오." 아고라 방에 올라있는 댓글이다. 이처럼 오해를 받기도 한다. 새벽 4시 50분이면 집을 나선다. 안양천을 1시간가량 걷고 집에 돌아온다. 냉수욕도 또 하나의 즐거움. 행복 시간표다.

지금 순간도 고맙고, 감사하다

사람은 자기 잘난 멋에 산다고 한다. 자기 스스로 못났다고 여기는 사람은 거의 없다. 죽지 않고 사는 이유다. 실제로 잘난 사람들이 많다. 내가 '잘났소' 하고 떠들지 않더라도 남이 알아준다. 그럼에도 우쭐대고 싶은 게 인간의 심리다. 자랑도 그래서 생겨났다. 하긴 요즘은 자기PR시대라고 한다. 가만히 있으면 손해 본다는 논리다. 자랑이 지나치면 오만으로 비치는 데도 말이다.

자랑보다 더 무서운 게 있다. 겸손이다. 그것으로 무장한 사람은 당해낼 재간이 없다. 덕과 지성을 갖춰야 겸손해질 수 있다. 벼는 익을수록 고개를 숙인다고 한다. 인간도 벼를 닮을 필요가 있다. 성숙해지고, 겸손해지는 지름길이다. 누구나 다 아는 사실이다. 그런데 실천하는 게 쉽지 않다. 겸손은 가식적으로 내세울 수 없다. 몸에 배도록 해야 한다.

겸손을 습관화하는 방법은 없을까. 수학 등식과 같은 해법은 없을 터. 자기를 낮추고 고마워하는 습관부터 길러야 한다. "고맙습니다." "감사합니다." 말끝마다 달고 살아 봐라. 물론 진심으로 고맙고, 감사함을 느낄 줄 알아야 한다. 두 말을 하루에 100번 이상 쓴다면 겸손에 가까워질 법하다. 나도 그러려고 노력한다. 이 글을 쓰고 있는 지금 순간도 고맙고, 감사하다.

운동예찬론자가 된 사연

장수는 모든 사람의 염원이다. 아프지 않고 오래 산다면 더 이상 무엇을 바라겠는가. 의학의 궁극적 목표도 장수다. 현대의학으로도 평균 100세 수명 시대는 다가온 듯하다. 평균 수명은 점점 늘어날 터. 무엇보다 삶의 질이 문제다. 그러기 위해서는 건강해야 한다. 그것을 위한 책이나 강좌가 인기다. 이론적으론 흠잡을 데가 없다. 그러나 실천이 따르지 않으면 소용이 없다.

건강의 비결이 있을까. 산삼, 녹용, 보약일까. 아니다. 보조제는 될지언정 뿌리는 못된다. 운동이 최고다. 운동을 하면 신진대사가 활발하게 일어난다. 몸이 좋아짐은 두말할 나위가 없다. 그럼에도 운동을 멀리하는 사람들이 적지 않다. '숨쉬기 운동만 한다'고 자랑스럽게 떠드는 사람도 있다. 건강을 잃고 난 후에야 뒤늦게 무릎을 친다.

나의 하루도 운동으로 시작한다. 새벽 5시를 전후해 집을 나선다. 집 근처 공원이나 안양천변을 산책한다. 빠른 걸음으로 평균 6킬로미터가량 걷는다. 걷기를 한 이후 건강에 자신감이 생겼다. 몇 년째 누통으로 고생했는데 많이 완화됐다. 어떤 병원, 약보다 효과를 더 봤다. 그래서 내린 결론이 있다. "내 병은 내가 고친다." 이 세상에 운동만 한 보약이 없다.

쉰둘의 가을

인생의 황금기는 언제일까. 따로 없을 듯싶다. 20대에 성공한 사람은 20대라 할 것이고, 70대에 성공한 사람은 70대라고 할 터. 지극히 주관적일 수밖에 없다. 따라서 시기는 중요하지 않다고 본다. 건강상 나이는 숫자에 불과하다. 그 당시를 얼마나 열심히 사느냐가 포인트다. 허송세월 하려고 하는 사람은 없다. 어떻게 하다 보니까 세월이 그냥 흘러간다.

내 나이 쉰둘. 인생의 절정기라 할 나이다. 그동안 무엇을 해왔나. 후회 없이 살아왔다고 자신 있게 말할 수 있나. 앞으로도 잘 살 것인가. 이런저런 궁리를 해본다. 깊은 생각에도 잠긴다. 머리가 백지장처럼 하애질 때도 있다. 수없이 많은 사람들과 부딪치며 살아왔다. 그들을 서운하게 한 일은 없는가. 만약 있다면 어떻게 해야 하나. 요 며칠 부쩍 많은 생각을 했다.

인생을 낙관적으로 보는 나다. 지금까지는 그렇게 살아왔고, 앞으로도 마찬가지다. 후회할 일은 생각지도, 하지도 않는다. 속이 없는 사람으로 비춰지기도 한다. 나는 바보를 자처한다. 바보같이 살면 고민할 게 별로 없다. 가을이 깊어 간다. 왠지 이 가을이 좋다. 무엇인가 좋은 일도 생길 듯하다. 긍정적으로 생각한 결과다. 계절을 탓하지 말고 즐기자.

골칫덩이 개

사람과 가장 가까운 동물은 개다. 우리나라에도 수백만 마리는 될 게다. 도시에서도 한두 집 건너 개를 키운다. 개는 참 영리한 동물이다. 주인과 식구들을 곧잘 알아본다. 멀찌감치에서 발자국 소리만 들려도 현관 앞에 달려온다. 사람이 들어오면 펄쩍펄쩍 뛰고 좋아서 난리다. 바짓가랑이와 양말을 물어뜯는다. 그렇게 귀여울 수가 없다.

반면 말썽도 많이 피운다. 제일 성가신 게 똥과 오줌. 제대로 가리지 못하면 아무 데나 싸댄다. 쫓아다니면서 하루 종일 뒤치다꺼리를 해야 할 판이다. 개 때문에 부부싸움도 한다. 보통 개는 아이들과 여자들이 좋아한다. 남편은 갖다 버리라고 성화다. 부인은 벌을 받는다고 남편을 못마땅해한다. 한 번 입양하면 버릴 수도 없는 게 개다. 그냥 준대도 맡아 기우겠다고 하는 사람이 없다. 어쩔 수 없이 수명을 다할 때까지 키워야 한다.

개에게 먹여서는 안 될 음식이 있다. 양파, 마늘, 포도, 초콜렛 등. 조금만 먹어도 죽을 수 있다고 했다. 친척집 개는 특이한 제질을 타고난 듯했다. 집을 비운 사이 양파 몇 개를 먹어 치웠더란다. 그런데도 멀쩡했다고 했다. 친척은 하도 성가셔서 먹고 죽었으면 바랐단다. 그다음부터 나쁜 마음을 고쳐먹었다고 했다.

기회는 반드시 온다

많은 사람들이 신세타령을 한다. 자기만 복이 없다고 불평을 늘어놓는다. 하는 일마다 되는 일이 없다고 푸념한다. 스스로 학대하는 경우도 본다. 못난 사람들이 하는 짓이다. 그러나 세상은 공평한 법. 누구에게나 기회는 온다. 성공한 사람들이 그 기회를 잡는 반면, 실패한 사람들은 놓치거나 오는 줄도 모른다. 일생에 기회는 세 번 정도 온다고 한다. 그중 한 번만 잡아도 삶을 기름지게 할 수 있다. 보람을 느낀다는 얘기다.

나에게도 기회가 왔을 터. 그 첫 번째는 2년 전 찾아왔다. 최초의 에세이집인 《남자의 속마음》을 낼 때다. 책을 내리라고는 생각지도 못했다. 틈틈이 써온 글을 21세기북스 측에 보냈다. 이틀 만에 책을 진행하자는 연락을 받았고, 두어 달간의 작업을 거쳐 2009년 9월 첫 에세이집을 냈다. 그것은 시작에 불과했다. 이후 4권을 더 냈다. 처음 기회를 잡지 못했더라면 불가능했을 일이다. 두 번째는 최근의 일. 지하철 무가지 메트로 측의 요청에 따라 매주 고정 칼럼을 쓰게 된 것. 칼럼니스트로서 첫 선을 보였다. 글을 쓰는 입장에서 또 다른 기회를 잡은 셈이다. 무거운 책임감도 느낀다. 세 번째 기회도 찾아올까. 기회는 우연히 찾아온단다. 최선을 다하는 사람만 그것을 잡을 수 있다. 명심하자.

개처럼 벌어 정승처럼 써라

돈. 이 세상에 없어서는 안 될 존재가 됐다. 그게 없으면 꼼짝 못한다. 누구나 많이 갖고 싶어 한다. 그러나 그럴 수가 없다. 돈 복은 타고나야 하는가 보다. 무슨 일을 해도 잘 되는 사람이 있다. 반면 어떤 일을 해도 안 되는 사람이 있다. 팔자로 돌려야 할까. 그래서 신세타령을 한다. 옛날에는 청빈을 표상으로 삼은 적도 있다. 요즘 청빈하다고 하면 무능의 딱지표가 붙곤 한다. 세상이 달라져서 그렇다.

돈이 많다고 잘 쓸까. 꼭 그렇진 않다. 오히려 부자 가운데 더 짠 사람이 많다. 지독하게 아껴서 부자가 됐을 지도 모른다. 수천억대의 재산가가 있다. 아흔을 넘겼다. 정말 구두쇠다. 5명이 식당에 들어가서 음식은 3인분만 시키기도 한단다. 돈은 그 사람이 내니까 다른 사람은 추가로 시키지도 못한다. 밥을 사고 욕을 먹는 경우다. 너무 인색하면 사람이 따르지 않는 법. 그런 사람은 결국 외톨이가 될 수밖에 없다.

나는 어떨까. 아내가 말한다. "자기가 돈이 많으면 잘 쓸 텐데……." 나도 지금 같아선 그럴 것 같다. 그러나 쥔 돈이 많다면 달라질지도 모른다. 그것이 사람의 일이다. 버는 것도 중요하지만 잘 써야 한다. 개처럼 벌어 정승처럼 쓰라고 하지 않았던가.

종강하던 날

동선이 길었다. 새벽 5시에 일어났다. 씻고 간단히 아침 먹고 6시 15분 집을 나섰다. 서울역에서 7시 KTX 동대구행을 탔다. 학교에 도착하니 9시 40분. 총장님 방에서 커피 한 잔 얻어 마시고 강의실로 옮겼다. 학생들에게 종강임을 알렸다. 몇몇 학생은 아쉬워하는 것 같았다. 그들이 고맙다. 12시까지 강의인데 11시에 마쳤다. 물론 학생들은 좋아했다.

다시 총장님 방으로 가서 얘기를 나눴다. 종강파티를 하기로 했었다. 남자 둘, 여자 둘 넷이서 복집으로 갔다. 내 제안에 따라 폭탄주를 마셨다. 주거니, 받거니 10잔가량 마신 것 같다. 낮술 치고는 많이 마신 셈이다. 동대구역에서 1시 53분 차를 타고 서울로 올라왔다. 또 다른 약속은 6시. 그때까지 시간이 2시간가량 남았다. 그래서 사우나에 들렀다. 혼자 하는 사우나도 나름대로 재미있었다.

친구는 아내와 함께 나왔다. 이태리 식당에서 와인을 곁들여 저녁을 했다. 나에게 줄 선물도 마련해 왔다. 내가 그 친구의 둘째 딸 결혼식 주례를 선 인연이 있다. 식사를 마치고 집에 돌아오니 밤 8시 30분. 아내와 아들 녀석도 '빨리 들어왔다' 며 반겼다. 하루가 정말 의미 있었다.

산책을 즐기자

바람이 제법 매섭다. 오후부터 기온이 떨어질 것이라는 예보다. 기사 마감을 하고 3시 25분 사무실을 나섰다. 가끔 여의도 공원을 산책한다. 사무실 바로 이웃에 있어 걷기엔 안성맞춤이다. 오늘따라 여의도 공원엔 사람이 적었다. 날씨 때문일 터. 두툼하게 외투를 입은 사람들이 더러 눈에 띄었다. 운동화를 신지 않고 구두를 신고 걸으니까 아무래도 불편했다. 장갑을 마련하지 않아 손도 약간 시렸다. 당장 운동화와 장갑부터 마련해야 할 것 같다.

먼저 직장에서는 청계천이 있어 좋았다. 그때도 종종 오후에 산책을 했다. 이처럼 산보할 장소가 있는 것도 행운이다. 도심 속의 공원, 시냇가는 생각만 해도 가슴이 벅차다. 다시 사무실에 돌아와 보니 정각 4시. 35분간 걸은 셈이다. 춥다고 움츠리면 더 춥다. 틈 날 때미다 운동을 해야 한다.

건강은 운동과 직결된다. 운동을 하는 사람과 하지 않는 사람의 건강상태는 비교할 바가 못 된다. 운동을 꾸준히 하는 사람이 수명도 길다. 운동을 습관화하고 벗 삼아야 한다는 얘기다. 그런데 시간이 없나는 핑계로 운동을 소홀히 한다. 아예 '숨쉬기 운동만 한다'고 자랑하는 사람도 있다. 아주 못난 부류다. 나이 들수록 운동은 더 필요하다. 산책이라도 즐기자.

겨울 설악을 만끽하다

1박 2일 일정으로 속초에 다녀왔다. 다행이 눈이 오지 않아 차 안에서 고생을 하지 않았다. 설경을 마음껏 즐겼다. 겨울 설악산은 정말 멋졌다. 북한산에서 느껴보지 못한 웅장함이 있었다. 숙소는 델피노. 옛 대명콘도였다. 산은 눈으로 덮여 운치를 더했다. 운 좋게 케이블카도 탔다. 우리 일행이 내려오니까 바람이 불어 운행을 중지했다.

이어 설악산 근처 식당으로 옮겼다. 세미나를 주재한 분이 몇 차례 들른 적이 있다고 했다. 초당 순두부에 녹두전, 황태구이, 도토리묵도 일품이었다. 할머니의 손맛이 났다. 곁들여 나온 열무김치도 정말 맛있었다. 금강산도 식후경이라고 했다. 여행에서 맛집 기행도 빼놓을 수 없다. 모든 사람들이 그 집의 명함을 챙겼다. 나 역시 주변 위치를 외워왔다.

미시령 터널이 뚫려 좋았다. 그래서 시간도 많이 단축된 것 같았다. 속초를 출발해 서울까지 2시간 30분 조금 더 걸렸다. 그 옛날 꼬불꼬불하던 미시령고개의 정취는 느낄 수 없었다. 옛길은 눈 때문에 도로를 통제했다. 이젠 마음만 먹으면 하루 나들이에도 넉넉할 것 같았다. 속초 앞바다도 탁 트여 더없이 좋다. 가족과도 한번 다녀와야겠다.

한 직장을 고수해야 하는 이유

며칠 전 잠실에서 사회적 기업 마케팅 교육 합격자를 대상으로 강의를 한 적이 있다. 강의를 하기에 앞서 강의담당자와 얘기를 나눴다. 몇 해 전부터 알고 지내는 분이었다. 그분도 나와 동갑내기. 60년생 쥐띠였다. 최근 중견기업 임원으로 있다가 그만둔 친구 얘기를 꺼냈다. 전무로 있던 친구로부터 들었다고 했다. 생활비는 그럭저럭 여유가 있어 걱정을 하지 않아도 될 처지. 그러나 시간 때우기가 힘들었다고 했다. 그래서 몸으로 할 수 있는 일을 알아봤다. 3가지 일을 24시간 풀 가동한 결과 얻은 소득이 월 200만 원에 불과했단다. 그것이 요즘의 현실이다. 일자리가 많은 것 같아도 찾아보면 그리 없다. 더군다나 소득이 보장되는 잡은 거의 없다. 그렇다. 많이 배웠든, 덜 배웠든 큰 차이가 없다. 백수로 있는 고학력자기 수두룩하다. 그렇다면 결론은 뭘까. 한 직장에 마지막까지 붙어 있는 것이다. 조금 성에 차지 않는다고, 하는 일이 마음에 안 든다고 사표를 던지면 안 된다. 가능하면 정년까지 버텨야 한다. 그러기 위해서는 최선을 다해야 할 것이다. 하지만 자기 힐 일을 하지 않고 불평부터 늘어놓는 사람들이 많다. 이런 사람들을 회사가 끝까지 잡을까. 그런 일은 없다. 제 귀여움은 자기가 받는다고 했다. 간단한 이치지만 명심할 터다.

금요일 오후

아침부터 비가 내리고 있다. 저녁에는 눈으로 바뀔지도 모르겠다.

쌓였던 눈도 거의 다 녹았다. 점심 먹으러 밖으로 나갔는데 빗줄기가 제법 굵었다. 바람도 많이 불어 우산이 별 소용없었다. 오늘은 금요일이어서 조기 퇴근을 한다. 기사 마감을 하고 4시 30분을 전후해 회사를 나선다. 내일과 모레는 쉰다. 이틀 연휴는 금쪽같다. 특히 직장인에게는 그렇다. 아내에게 스케줄을 짜놓으라고 했다. 잠깐이라도 바깥나들이를 할 생각이다.

새 직장으로 옮긴 뒤 패턴이 조금 달라졌다. 금요일은 격주 근무를 한다. 평일 하루 쉬니까 한결 여유롭다. 행정업무 등 못다한 일들을 한꺼번에 해결할 수 있다. 아주 긴요하게 활용하고 있다. 더군다나 금요일 날 근무하더라도 일찍 끝난다. 그래서 근무하는 금요일도 주말 같은 기분이 든다. 금요일 오후부터 일요일까지 2박 3일간은 마음대로 즐길 수 있다.

현대인에게 휴식은 참 필요하다. 휴일이 없다면 얼마나 지루할까. 토, 일요일이 있기에 힘든 일도 참는다. 물론 휴일 없이 일하는 사람도 있다. 그들에겐 일 자체가 휴식이란다. 나에게도 그런 친구가 한 명 있다. 그가 존경스럽기까지 하다. "그래도 하루는 쉬시게." 그의 대답은 '땡큐'로 끝이다.

어느 월요일 단상

다시 월요일이다. 아침에 회사 직원들과 조찬을 했다. 점심, 저녁은 약속이 많으니 아침을 하자고 해서 이뤄졌다. 약속 시간은 7시. 장소는 공덕동. 아침을 마치고 회사에 돌아오니 8시 30분이었다. 조금 일찍 집을 나서는 것 말고는 불편함이 없었다. 시간이 없어 못 만난다는 것은 핑계다. 점심, 저녁이 이려우면 아침을 하면 된다. 이처럼 모든 게 생각하기 나름이다. 이젠 관념을 바꿔야 한다. 역발상이라도 좋다.

이틀 연휴를 보내고 나면 출근하기 싫어진다. 그냥 계속 쉬고 싶은 것이 인지상정이다. 직장인이라면 누구나 월요병을 앓게 된다. 반면 자영업자들은 시간에 구애받지 않는다. 자기 하고 싶은 대로 하면 된다. 더 잘 수도, 늦게 출근할 수도 있다. 직장인들이 그들을 부러워하는 이유다.

월요일은 중요하다. 기분 좋게 출발하면 한 주 내내 같은 분위기를 이어갈 수 있다. 의미 있는 만남의 경우 월요일 낮에 잡는 것도 좋다. 그러면 한 주가 새롭다. 다소 짜증나는 일이 있더라도 참을 수 있다. 마침 전 직장에서 함께 일했던 후배가 찾아와 점심을 했나. 광화문에서 여의도까지 방문한 것. 어찌 반갑지 않으랴. 그렇다. 한 주를 즐겁게 시작하자.

임진년을 보내며

임진년도 저물어 간다. 10년만의 화이트 크리스마스라고 한다. 흰 눈을 보니까 기분은 좋다. 남들이 쉴 때 우리는 일한다. 8개월간 백수생활을 할 때를 제외하곤 26년간 그렇게 살아왔다. 집에서도 당연시 여긴다. 오늘도 출근했다. 이제 엿새 남았다. 남은 기간 동안 마무리를 잘해야 될 것 같다. 대미는 27일 저녁 '페친'과의 만남으로 장식한다. 꼭 한 달 전 만났던 분이다. 그날이 기다려진다.

매년 그렇듯 올해도 다사다난했다. 좋은 일, 슬픈 일이 주마등처럼 스쳐 지나간다. 그런 일들이 반복되기에 심심하지 않은지도 모른다. 인생이 아무것도 아니라는 생각이 든다. 그런데도 발버둥 친다. 부질없는 짓이다. 다 알면서 실천할 수 없는 것이 또한 인생이다. 그래서 인생은 덧없다고 했을까.

새해는 어떻게 살아갈까. 지금 이대로가 좋은가. 아니면 특단의 방법을 써야 할까. 골몰하지만 언뜻 좋은 생각이 떠오르지 않는다. 그것은 다시 말해 그냥 있는 대로 살라는 얘기일 터. 고민할 필요도 없다. 무엇보다 욕심을 비우면 된다. 모든 것을 내려놓으라는 얘기다. 그러면 마음이 홀가분해진다. 쉰이 넘으면서부턴 그렇게 살아온 것 같다. 앞으로 30~40년은 또 그렇게 살아야 되지 않을까.

헛된 꿈의 역설

기대는 금물이라는 말을 많이 한다. 잔뜩 기대했다가 실망하는 경우가 많아서 그럴 게다. 실제로 기대가 실현될 가능성은 낮다. 그렇다면 기대를 하지 않는 것이 나을까. 그 또한 불가능한 일일 것이다. 사람에겐 누구나 기대 심리가 있다. 남은 몰라도 나에게는 기적 같은 일이 일어날 것으로 본다. 그러면서 혼자 웃고, 즐거워한다. 남이 보면 조금 이상한 사람으로도 비칠 수 있다.

아내와 산책을 하면서 이런저런 얘기를 한다. "나는 이제 기대를 하지 않기로 했어. 하나도 되는 일이 없잖아. 자기도 나에게 얘기를 하지 마. 혼자 실컷 해." 아내가 볼멘소리를 내뱉는다. 보통 남편들은 떠벌리기를 좋아한다. 게다가 큰소리까지 치니 아내들은 기대를 하게 된다. 그러나 한두 번 속다 보면 짜증을 낸다. 그다음부터는 남편의 얘기를 들으려고도 하지 않는다. 내가 강의 때마다 하는 말이 있다. "여러분들, 헛된 꿈을 꾸십시오." 대부분 어리둥절 한다. 웬 뚱딴지 같은 소리를 하느냐고 내 얼굴을 빤히 쳐다본다. 찬찬이 설명하면 수긍하는 이들도 더러 있다. 헛된 꿈도 꿈이다. 대신 실현되지 않더라도 실망하지 않는다. 밑질 게 없다는 얘기다. 하지만 헛된 꿈이 이뤄질 수도 있다. 그 기쁨은 무엇에 비유하랴. 헛된 꿈을 꾸라고 하는 이유다.

재산목록 1호

인재제일(人材第一). 뭐니 뭐니 해도 인물이 첫 번째라는 얘기다. 국내 제일, 세계로 나아가고 있는 삼성그룹이 추구하는 바다. 오늘의 삼성을 있게 한 원동력이다. 창업주의 경영철학이 담겨 있다. 사람을 최고로 치지 않는 기업은 장수하지 못한다. 사람에 대한 투자 대신 개인의 잇속을 챙긴다. 그 결과는 파산으로 이어지기도 한다. 우리 기업의 역사가 그것을 반증하고 있다.

사람은 자신부터 남을 챙겨야 한다. 상대적이기 때문이다. 내가 남에게 하는 만큼 남도 나에게 관심을 보인다. 나는 도리를 하지 않으면서 남이 해주기만을 바란다면 염치없는 짓이다. 요즘은 사람 관리하기가 수월하다. 굳이 수첩을 뒤지지 않더라도 휴대폰에 연락처를 쉽게 저장할 수 있다. 이름 석 자만 치면 바로 통화가 가능하다. 그럼에도 발등에 불이 떨어져야 부랴부랴 움직인다. 대부분의 사람들이 그렇다.

나는 어떤가. 비교적 먼저 연락을 취하는 편이다. 인물 동정란을 보고 축하할 일이 생기면 전화를 건다. 아침 6시 30분~7시쯤 전화를 한다. 상대방도 여유 있는 시간이기에 반갑게 전화를 받는다. 낮 시간은 업무로 바빠 피하는 것이 좋다. 내 휴대폰에는 2000명가량 입력되어 있다. 소중한 재산목록 1호다.

어느 덧 쉰을 넘긴 지 두 해가 지났다. 가는 세월은 붙잡을 수 없는 법. 그냥 받아들여야 한다. 아쉬워만 해도 안 된다. 보람 있게 쓸 필요가 있다. 거기에 정답은 없다. 스스로 관리해야 한다. 너무 거창한 계획을 세우면 실천하기 어렵다. 자기가 할 수 있는 범위 안에서 꾀해야 한다. 인생을 멋지게 살기 위해서다. 남과 비교하지 않는 것이 좋다. 내 인생은 내가 가꾸기 때문이다.

선배 부부와 저녁을 함께한 적이 있다. 경기도 파주 헤이리에 있는 레스토랑을 찾았다. 평일 저녁인데도 사람들이 꽤 눈에 띄었다. 무엇보다 음식 맛이 으뜸이다. 그래서 주말에는 자리를 잡기가 어렵다. 두 시간가량 이런저런 대화를 나눴다. 아내와 형수님도 무척 만족해했다. "형님 30년 뒤에도 이런 자리를 가지면 좋겠습니다. 더도 덜도 말고 지금처럼만……" 내가 말끝을 흐렸더니 선배도 고개를 끄덕였다. 공감한다는 얘기였다.

남자의 평균수명도 80세를 넘어설 듯하다. 어떻게 하면 노후를 편히게 보낼 수 있을까. 나만의 숙제는 아닐 터. 모두가 안고 있는 고민이다. 오래 사는 것도 중요하지만, 삶의 질이 우선이다. 그 첫 번째는 건강이다. 몸이 아프면 만사가 귀찮아진다. 건강에 대한 투자는 아무리 강조해도 지나치지 않다.

술, 커피, 담배

사람처럼 가까운 게 있다. 오히려 그것을 벗 삼아 지낸다. 아내보다 더 찾기도 한다. 술, 커피, 담배가 그렇다. 한번 맛들이면 끊기 어렵다. 각서도 많이 쓴다. "앞으론 술을 마시지 않겠다. 내가 술을 마시면 사람 자식이 아니다.""백해무익한 담배는 일절 끊을 테니 나를 유혹하지 말아줘." "건강에 좋지 않은 커피는 사절합니다." 애호가들이 지키지도 못할 약속을 한다. 물론 자신과의 약속이지만 실천률은 지극히 낮다. 그것의 중독성 때문이다.

나도 두 가지를 즐겨했다. 술과 커피다. 대학 다닐 때부터 술을 정말 많이 마셨다. 그런 만큼 에피소드도 많다. 지인들을 만나면 지금도 술을 많이 하느냐고 묻는다. 나의 트레이드마크인 셈이다. 자랑거리가 못 되는 데도 각인되다 보니 같은 질문을 거듭해 받는다. 담배는 아예 입에 대지 않았다. 냄새가 싫은 까닭이다. 대신 커피는 사양하지 않았다. 하루에 10잔 이상 마시기도 했다. 애연가들이 담배 피우 듯 가까이 했다고 할까.

얼마 전부터 술과 커피를 멀리하고 있다. 의사의 권유에 의해서다. 둘 다 두통에 좋지 않단다. 그래서 작심을 하고, 실천하려 노력한다. 그런데 커피는 끊기가 힘들다. 한 잔쯤이야 하고 입에 댄다. 습관이라는 게 참 무섭다.

홍보대사 군수님

홍보대사가 많다. 연예인, 체육인 등 유명 인사들이 대종을 이룬다. 그들의 유명세와 지명도를 활용하기 위해서다. 한 사람이 몇 군데 홍보대사를 맡기도 한다. 물론 돈을 받고 하는 일은 아니다. 그러나 얼굴을 알리는 데 큰 도움이 된다. 그래서 여건이 허락하는 한 홍보대사직을 수락한다. 각 정부 부처와 공기업의 경우 대부분 홍보대사를 두고 있다.

강원도 박선규 영월군수와 점심을 함께 했다. 당초 참석자는 아니었는데 서울에 왔다가 합석하게 된 것. 훤칠한 키에 서글서글한 인상이 돋보였다. 초면이라 악수를 한 뒤 명함을 주고받았다. 대화 도중 홍보대사 얘기가 나왔다. "군수님은 홍보대사를 자임해야 합니다. 그래야 군정이 발전할 수 있습니다." 내가 먼저 말을 꺼냈다. "예, 그렇게 하고 있습니다. 명함에 나외 있지 않습니까." 군수가 바로 말을 받았다.

명함을 꺼내 다시 보았다. 모두 3장, 6쪽으로 만든 것이었다. 첫 쪽만 자기소개를 하고, 나머지는 모두 영월군 홍보로 메웠다. 영월의 볼거리, 배울거리, 즐길거리, 먹을거리로 나뉘어져 있었다. 큰 책자를 찾지 않더라도 한눈에 들어왔다. 그렇다. 군수부터 모든 직원이 홍보에 앞장서야 한다. 요즘은 홍보의 시대이기에……

사기당한 느낌이에요

사람이 물건을 고를 때 제일 먼저 따지는 것이 가격이다. 싸고도 품질이 좋으면 무조건 고른다. 고민할 필요가 없기 때문이다. 그러다 보면 돈을 많이 쓰게 된다. 꼭 필요한 물건뿐만 아니라 다른 것도 구입한다. 견물생심이랄까. 텔레비전 홈쇼핑과 대형 마트가 그렇다. 소비자의 심리를 이용해 지갑을 열게 한다. 집 안에는 안 사도 될 물건들이 차곡차곡 쌓인다.

사람이란 참 묘하다. 남이 하면 나도 따라 하고 싶어진다. 그렇지 않으면 낙오할 것이라는 예감이 들어서다. 특히 홈쇼핑 마니아들이 많다. 쇼호스트들은 거의 선동적이다. "지금 구입하지 않으면 후회하실 겁니다. 빨리 주문하세요." 그러면 시청자들은 왠지 불안해진다. 급기야 자기도 모르게 전화 다이얼을 돌린다. 마감 전에 물건을 사야 손해를 보지 않는다는 생각에서다. 집 근처에 대형 마트가 있다. 서울에서도 가장 싼 곳으로 소문나 있다. 그래서 항상 북적인다. 아내를 따라 그곳에 갔다. 보통 슈퍼에서는 10만 원 이내의 쇼핑을 한다. 나중에 계산할 때 보니까 25만 원이 넘게 나왔다. 직원이 아내의 말을 거들었다. "고객 분들이 이곳에 오면 사기당한 느낌이 든다고 말합니다." 과소비는 바람직하지 않다. 주부들이 늘 고민하는 대목 아니겠는가.

몹쓸 엄마

엄마. 언제 불러 봐도 정겹고 따뜻하다. 누구에게나 푸근한 존재다. 자식을 사랑으로 감싸서 그럴 터다. 그들을 위해서라면 모든 것을 던지는 희생의 대명사다. 어머니는 돌아가셔서도 마찬가지다. 일이 힘들 때 어머니를 생각하며 회상에 젖곤 한다. 그러면 없던 힘도 생기고, 재기의 발판을 마련하기도 한다. 우리 어머니가 가지고 있는 마력이라고 할까.

서울 서초동 법조타운에서 지인들과 점심을 하고 택시를 잡아탔다. 40대 중반의 기사가 씩씩 거렸다. "이혼했는데 친권자가 누군지 나와 있지 않더라고요. 그런 일도 있나요." 옆자리의 나에게 물어왔다. 법원·검찰을 9년 가까이 출입한 나를 알아보고 물어볼 리는 없었다. "설마 그럴 리가 있겠습니까. 제일 먼저 자녀 양육권을 심판해 주는데요." 내가 반문하면서 자초지종을 물어봤다.

그는 10년 전 얘기를 들려 줬다. 아내가 두 아이를 남겨놓은 채 5억 원 가까운 전 재산을 가지고 가출했다고 흥분했다. 그 이후 소식이 끊겨 이혼소송을 냈고, 지금까지 혼자 아이들을 키워 왔단다. 최근 아이들 앞으로 대출을 받으려다 친권자가 아닌 것을 알게 됐다고 했다. 법원이 친권자를 명기하지 않았던 것. 몹쓸 엄마 때문에 또 다른 고통을 겪고 있었다. 그래도 엄마라고 할 수 있을까.

왜들 솔직하지 못할까

진실과 정의. 우리가 자주 접하는 말이다. 가훈, 교훈, 사훈에도 많이 쓴다. 거짓말을 하지 말라는 얘기다. 그러나 사람이 순도 100퍼센트로 살 수는 없다. 한 번도 거짓말을 해보지 않았다고 말하는 것도 거짓이다. 그렇다면 어떻게 살아야 할까. 거짓 없이 살려고 노력해야 한다. 거짓말도 자주 하다 보면 는다. 나중에는 자기 자신조차 최면에 걸린다. 거짓을 진짜로 여기는 것이다. 심하면 중독에 걸릴 수도 있다.

저축은행 사태로 나라 전체가 시끄러웠다. 신문, 방송에 계속 속보가 터진다. 어디까지 갈지는 아무도 모른다. 여러 인사들이 거론된다. 그 중에는 안면이 있는 사람들도 있다. 어찌하다 저런 지경에 이르렀을까. 그 대답은 당사자만이 알 터. 약간 의심이 가는 사람도 있고, 전혀 그렇지 않은 사람도 있다. 그래서 열 길 물속은 알아도 사람 속은 모른다고 했을까.

누구도 "내 탓이오" 하는 사람은 없다. 모두 발뺌하기에 급급하다. 여도, 야도 그렇다. 우선 위기를 모면해보자는 심산에서 그럴 게다. 하지만 알 만한 사람은 다 안다. 누가 거짓말을 하고 있는지……. 그것이 세상의 이치다. 손으로 하늘을 가리는 격이다. 언론인도 예외일 수 없다. 더 솔직해질 수는 없을까.

남을 미워하지 않고 사는 법

남의 불행이 나의 행복이라고 한다. 실제로 그런 일이 많다. 그래서 남의 불행만 바라보는 이들도 있다. 도저히 내 실력으론 안 되니까 남의 잘못을 기대하는 것. 게다가 남을 미워하기까지 한다. 인간의 본성에 많이 자리 잡고 있는 대목이다. 내가 성선설보다 성악설을 더 믿는 이유이기도 하다. 대어날 때부터 나쁜 사람은 없다. 성장하면서 질투심 등이 발동해 추한 모습도 띠게 된다.

남을 미워하지 않고 살 수 있는 방법은 없을까. 분명 있다. 싫은 사람은 가까이하지 않으면 된다. 의도적이라도 멀리하라는 뜻이다. 눈에 띄지 않으면 싫어하거나 미워할 이유도 없다. 만나기만 하면 티격태격 싸우는 이들이 있다. 서로 보지 않으면 될 텐데 또 부딪치곤 한다.

나는 미워하는 사람이 없을까. '거의 없다'고 확신한다. 무엇보다 싫은 사람과는 가까이 지내지 않는다. 그 기준은 내 마음속에 있다. 남에게 얘기할 필요도 없다. 그 보다는 사람의 장점을 보려고 노력해야 한다. 단점이 없을 리 없겠지만 장섬을 보다 부각시킬 필요가 있다. 또 부정적 사고를 버리고 긍정적으로 생각해야 한다. 그러면 미움도 사라진다. 남을 못 잡아먹어서 난리인 세상이다. 증오나 적개심은 자기 몸에도 해롭다.

인생은 찰나다

세월이 유수와 같다고 옛 시인들은 노래했다. 정말 빠른 것 같다. 눈 깜짝할 사이라는 말이 실감난다. 모든 것이 엊그제 같다. 그런데 지금에 와 있다. 가는 세월은 붙잡을 수 없는 법. 그대로 순응하는 것이 좋다. 세월과 한 배를 타라는 얘기다. 그러면 아쉬움도 덜해질 터. 시간이 빨리 가지 않는다고 탓하는 사람도 있다. 조급증에 걸린 사람들이다.

몇몇 지인들과 어울렸다. 오랜만에 만난 분들도 있었다. 눈가의 주름, 흰 머리는 어찌할 수 없었다. 세월이 흘렀다는 방증이다. 한 분이 말을 꺼냈다. "어린이날과 어버이날 사이에 무엇이 있는 줄 압니까." 모두들 의아해하며 그분을 쳐다봤다. "찰나가 있답니다." 그렇다. 순식간에 어린이가 커서 어버이가 된다는 것. 모든 사람이 똑같다. 누구도 성장이 멈출 수는 없기 때문이다.

짧은 인생. 길어졌다고 해도 100세다. 무엇보다 보람 있게 살아야 한다. 그 가치는 자기 스스로 찾아야 한다. 정직하고 착하게 살 것을 권장하고 싶다. 어진 사람은 나쁜 짓을 하지 않는다. 또 언행일치를 실천해야 한다. 말만 앞서는 사람들이 많다. 행동이 따라주지 않으면 아니함만 못하다. 오늘 할 일을 내일로 미뤄서도 안 된다. 인생이 찰나임을 명심하자.

나는 오늘도 걷는다

나이를 들면 일찍 일어난다. 대부분 그렇다. 대신 잠자리에 들어가는 시간이 빨라진다. 보통 5시를 전후해 기상한다. 아침 7시까지 2시간이 문제다. 누워 있어도 잠이 오지 않고, 딱히 할 일도 없다. 침대에서 뒤척거리거나 거실과 방만 왔다 갔다 하는 경우가 허다하다. 몸은 천근만근 무겁고, 머리도 맑지 않다. 이 시간을 어떻게 활용해야 할까. 많은 이들이 고민하는 대목이다.

집 근처에 조그만 공원이 있다. 나무가 많아 제법 운치도 있다. 새 소리도 들린다. 각종 운동 기구와 305미터짜리 걷기 코스가 있다. 나는 새벽마다 공원에 들른다. 70대 할머니들이 가장 많은데 그 틈에 끼어 걷는다. 남자는 고작 1~2명 눈에 띈다. 여자들이 더 장수하는 이유일지도 모르겠다. 적게 먹고 운동까지 곁들이니 평균 수명이 길어질 터. 남자들이 본받아야 한다. 걷기는 아무리 강조해도 지나치지 않다. 그것만큼 쉬운 운동이 없다. 달리 준비하지 않아도 된다. 가벼운 옷차림에 운동화면 족하다. 약간 숨이 차오를 정도로 빨리 걷는 것이 좋다. 그러면 등 뒤에 땀방울도 맺힌다. 샤워를 하고 나면 기분이 유쾌해진다. 아침밥도 맛있다. 출근 길 역시 가볍다. 건강한 신체에서 건강한 정신이 깃든다고 하지 않던가. 주저하지 말고 걷기를 시작해라.

개는 참 영리한 동물이다. 인간과도 가장 가깝게 지낸다. 사람이 배울 점도 많다. 절대로 주인을 배신하지 않는다. 배은망덕은 있을 수 없다. 그런데 사람은 어떤가. 배은망덕한 자가 허다하다. 이를테면 개만도 못한 사람이 많다는 것이다. 은혜를 원수로 갚는 것은 참 나쁘다. 신세를 진 사람에겐 보은할 줄 알아야 한다. 그것이 인간의 도리다.

주위에 배신당한 사람들이 의외로 많다. 창피해서 말도 못하고 혼자 속앓이를 한다. 믿었던 도끼에 발등 찍힌 격이랄까. 그 기분은 미루어 짐작이 가고도 남는다. 사업을 크게 하는 지인이 볼멘소리를 했다. "고교 대선배를 믿고 회사를 맡겼습니다. 그런데 회사 기밀을 빼내 경쟁 회사에 넘겨주었더군요. 그로 인한 타격은 말할 수가 없었습니다." 금전적인 손해뿐만 아니라 배신감에 허탈하다고 했다.

개는 주인의 말을 잘 듣는다. 사료와 물을 챙겨주면 심술을 부리지 않는다. 주인의 수고를 덜어주기 위해 대·소변도 가린다. 게다가 온갖 재롱을 피워 즐거움을 선사한다. 하물며 만물의 영장이라는 사람이 개만도 못하다는 소리를 들어서야 되겠는가. 남의 일이 아니다. 나부터 처신에 신경 써야 한다.

운칠기삼(運七後三)

직장인의 꿈은 승진이다. 대부분 거기에 목을 건다. 물론 자리에 연연하지 않는 사람들도 있다. 그들 역시 승진을 고사할 리는 없다. 또 요즘은 승진보다 오래 다니는 길을 선택하려 한다. 빨리 올라갈수록 직장을 떠나는 시점도 그만큼 빨라지기 때문이다. 그래서 소년등과가 가장 불행하단다. 옛날에는 선망의 대상이었는데 아이러니가 아닐 수 없다.

자기 능력만 가지고 승진이 되는 게 아니다. 운도 따라줘야 한다. '운칠기삼'이라는 말이 있다. 운이 7, 기술(技)이 3이라는 얘기다. 아니 '운구기일'이 맞을지도 모른다. 승진할 시점에 모든 것이 맞아떨어져야 행운을 얻는다. 특히 공무원의 경우 지역, 학교 등 여러 요소를 안배한다. 무엇보다 오래 다녀야 그 같은 승진 기회도 얻는다.

때문일까. 저녁을 함께한 차관급 인사가 말했다. 저희 같은 사람은 '운칠후삼'입니다. 후배들을 잘 둬야 한다는 얘기였다. 자신은 아무리 잘해도 후배들이 사고를 치면 물러날 수밖에 없다는 점을 빗댔다. 윗자리로 올라가면 지휘·감독 책임이 따른다. 본의 아니게 보따리를 쌀 때가 있다. 저축은행 사태가 어떤 식으로 매듭지어질까. '운칠후삼'에 답이 나와 있다고 본다.

이름에 얽힌 사연

별별 이름이 다 있다. 듣기에, 부르기에 민망한 이름도 적지 않다. 조상 탓을 해야 하나. 어쨌든 이름은 남이 지어줄 수밖에 없다. 태어나면 바로 출생 신고를 한다. 그때 처음 이름이 지어진다. 보통 부모님이나 할아버지가 지어준다. 이름을 짓기 위해 작명소를 찾기도 한다. 좋은 이름은 그 값을 한다는 믿음 때문이다. 작명소가 부쩍 늘어나는 이유일 게다.

한 고위 인사가 자신의 이름에 얽힌 사연을 털어놨다. 지금도 살아 계신 아버지가 작명했단다. 면 단위 출신인데, 그곳에서 재무부 장관 두 명이 나왔다. 그중 한 분의 이름을 그대로 땄다고 했다. 그 역시 행정고시에 합격해 재무부에서 공직을 시작했다. 현재 차관급이어서 언제든 장관이 될 수도 있다. 이처럼 당대에 잘나가는 사람의 이름을 따곤 한다.

내 이름도 흔하지 않다. 할아버지가 지어주셨다. "굳이 약력을 소개하지 않는 것은 상당 부분 공개된 까닭이다. 어느 포털에 들어가서 '오풍연'을 치든 한 명밖에 나오지 않는다. 그 사람이 바로 나다. 숨기려고 해도, 감출 것이 없다. 있는 그대로 봐주면 된다. 앞으로도 지금처럼 똑같이 살아갈 참이다." 내 에세이집에 나와 있는 저자 소개다. 이름은 그 사람의 얼굴이라고 했는데…….

섹스 중독

"무슨 일이든 미쳐야 한다." 최선을 다해야 성공할 수 있다는 얘기일 터. 실제로 그렇다. 대충 해서는 아무것도 이룰 수 없다. '일에, 공부에, 연구에 미친 사람.' 성공한 사람들의 후일담으로 그런 말이 등장한다. 이런 경우 '미친'이라는 말이 좋은 의미로 쓰인다. 하지만 나쁜 뜻으로도 많이 쓴다. 술, 도박, 마약에 미친 사람. 나락으로 떨어지는 지름길이다.

섹스. 쾌락과 종족 보존의 수단이다. 따라서 양면성을 띠고 있다고 하겠다. 문학의 소재로도 가장 많이 나온다. 인터넷 검색어 1위라고도 한다. 인간과 떼려야 뗄 수 없는 관계다. 금기시할 것도 아니다. 그 욕망은 숨길 수도 없다. 사람마다 정도의 차이만 있을 뿐이다. 매사가 그렇듯이 섹스도 지나치면 탈이 난다. 가정과 개인의 파탄을 몰고 온다.

섹스에 미친 사람이 의외로 많은 것 같다. 사적인 영역인 만큼 드러나지 않을 뿐이다. 전혀 예상하지 못했던 사람이 그렇다는 데는 입을 다물 수 없다. 입으로 옮길 수조차 없는 행태도 벌어진단다. 내 블로그를 보고 배우자의 그런 고민을 토로해 오기도 한다. 뾰족이 답해줄 말이 없다. "가정이 가장 중요하지요. 가족을 다시 한 번 생각해 보세요." 내가 해줄 수 있는 유일한 말이다.

아픈 것도 행복하죠

건강은 모든 사람의 바람이다. 오래 사는 것도 좋지만, 건강도 그에 못지않다. 건강은 스스로 챙겨야 한다. 남이 대신해줄 수 없다. 그것은 건강할 때 챙기는 것이 가장 좋다. 일단 병이 들면 회복하기가 쉽지 않다. 시간도 오래 걸린다. 그렇다고 포기해서는 더더욱 안 된다. 인내심을 가지고 몸을 만들어야 한다. 하루아침에 되지 않으므로 조급해할 필요도 없다.

아프다고 절망해서는 안 될 일이다. 나쁜 마음을 먹기도 한다. 자기 자신을 학대하는 것만큼 나쁜 것은 없다. 최악의 경우를 생각해 보자. 만약 죽거나 혼수상태에 빠지면 아픈 것도 모른다. 역설적으로 아픈 것을 안다면 살아 있고, 의식이 있다는 증거다. 삶과 죽음, 어떤 것을 택할 것인가. 누구든지 삶을 고를 터. 생명의 고귀함을 알아야 한다는 얘기다.

초인적 삶을 살고 있는 분들을 본다. 암 등으로 투병 중임에도 하나같이 긍정적이다. 희망의 끈을 놓지 않는다. "아픈 것도 행복하죠. 친구처럼 지냅니다." 병마와 싸워 이기는 원천일 게다. "중환자실에서 몇 개월을 보낸 적도 있어요. 햇빛을 본다는 게 마냥 행복합니다." 그들은 정말 삶을 즐긴다. 건강한 사람보다 더 애착이 가는 듯하다. 긍정은 희망을 낳는다.

기수 문화

해병대의 총기 사고가 있었다. 4명의 청춘이 숨졌으니 이만저만한 사고가 아니다. 충격도 이루 말할 수 없다. 가장 군기가 세다는 해병대에서 그 같은 사고가 일어나리라곤 생각지 못했다. 모두가 그랬을 것이다. 어느 군대보다 기수를 중시하는 해병대다. 그것을 자랑스럽게 내세우곤 했다. 그런데 그 기수 문화 때문에 사고가 터졌다니 말문이 막힌다. 기수가 사람을 잡은 꼴이 됐다.

기수 문화는 우리 사회 곳곳에 자리 잡고 있다. 군대는 말할 것도 없고, 검찰 경찰도 마찬가지다. 다른 공직사회 역시 정도의 차이만 있을 뿐 그것의 폐단은 적지 않다. 반드시 청산해야 할 잔재라고 본다. 그러나 누구도 앞장서려 하지 않는다. 기득권 때문이다. 그것의 그늘 아래 안주하는 것이 보다 편한 까닭도 있을 게다. 사관학교, 경찰대학, 각종 고시에 목매는 이유다. 신문사도 아직 기수 문화의 폐단이 남아 있다. 공채 몇 기냐가 잣대의 기준이다. 특채나 경력 기자들에겐 상대적으로 문호가 좁다. 최근 들어 변화의 조짐이 나타나고 있다. 선배 기수가 후배 부장 밑에서 일하는 것. 이전에는 생각지도 못했던 일이다. 현장을 뛸 수 있다는 것만으로도 행복한 줄 알아야 한다. 보직에 대한 미련을 버리면 기수 문화의 개념도 바뀌지 않겠는가.

악성 댓글

사람의 심리는 참 묘하다. 남이 잘되는 것을 싫어한다. 겉으론 축하해 주는 척하면서도 내심으론 배 아파한다. 성선설보다 성악설 더 믿는 이유다. 물론 그렇지 않은 사람도 있다. 그러나 대부분의 사람이 그렇다. 내 일을 진심으로 좋아할 사람은 가족, 그것도 직계 존비속밖에 없다고 본다. 형제도 아니다. 형제간에도 경쟁심리가 작용하기 때문이다. 나를 낳아준 부모와 아내, 자식이 전부라고 할 수 있다.

인터넷이 보급되면서 아주 나쁜 것이 생겨났다. 악성 댓글이다. 직업적으로 하루 종일 컴퓨터에 매달려 악성 댓글만 양성하는 족속도 있단다. 그들은 스스로 도취감에 빠져 있을지 모른다. 하지만 당하는 입장에선 큰 상처를 입는다. 그 도가 지나쳐 회복 불능에 빠지는 경우도 있다. 이만저만한 문제가 아니다. 어떻게 하면 악플러를 추방할 수 있을까.

양심에 호소하는 수밖에 없다. 하지 말라고 하면 더 하려고 드는 게 그들이다. 오죽했으면 '선플 달기' 운동본부까지 발족됐을까. 악성 댓글은 중독성이 강하다. 마약이나 도박에 빠지는 것과 같이 점점 수렁으로 빠져든다. 그 말로는 추락이다. 악성 댓글이 사라질 때 밝은 사회가 온다. 이 점 명심하자.

기사 식당

폼 나는 레스토랑이 많다. 실내 장식도 휘황찬란하다. 당연히 가격도 비쌀 수밖에 없다. 저녁의 경우 1인당 10만 원을 훌쩍 뛰어넘는다. 서너 명이 와인을 곁들이면 50만 원 안팎의 밥값이 나온다. 일반인에게는 그림의 떡이다. 그럼에도 즐겨 찾는 사람들이 적지 않다고 한다. 내 돈 내고 먹는 데는 뭐라고 한 말이 없다. 단지 위화감이 걱정될 뿐이다.

적은 돈으로 맛있게 먹을 수 있는 식당도 있다. 기사 식당이 대표적이다. 운전기사들의 입맛이 까다로워 그들을 단골로 잡으려면 우선 맛이 있어야 한다. 서빙도 빠르다. 10~20분이면 한 끼를 때울 수 있다. 자리에 앉자마자 음식이 나온다. 그래서 바쁜 직장인들도 많이 찾는다. 영업시간도 밤늦게까지 한다. 24시간 일하는 기사들을 배려해서다.

서울 남산에도 기사 식당이 여러 곳 있다. 특히 돈가스 가게가 많다. 직원들과 함께 점심 식사를 하러 갔다. 도착한 시간은 12시 5분. 왕돈가스를 시켰다. 바로 음식이 배달됐다. 4명이 식사했는데 3만2000원. 무엇보다 음식이 맛있었다. 4명 모두 깔끔히 비웠다. 식당을 나선 시간은 12시 25분. 가족과의 외식도 걱정할 필요 없다. 집 근처 기사 식당을 가봐라. 만족도는 생각보다 높다.

공짜족

경쟁이 치열한 사회다. 눈 깜짝할 사이에 코를 베어가는 세상이다. 변화의 속도가 너무 빨라서 장단을 맞추기 어렵다. 그 만큼 노력해야 뒤처지지 않는다. 영원한 1등은 없다. 해가 지지 않을 것처럼 보이던 미국도 신용이 떨어지는 수모를 당했다. 기업도 마찬가지다. 일찍 샴페인을 터뜨렸다간 언제 무너질지 모른다. 하루하루 살얼음판을 걷는 모양새다.

이런 구도 속에서도 뻔뻔한 사람들이 있다. 힘 하나 들이지 않고 이익을 취하려고 한다. 한 번 맛들이면 거기에 빠져든다. 무임승차하려는 이들이다. 그들에겐 공통적인 특징이 있다. 눈치가 무척 빠르다. 평생을 그렇게 살다 보니 아주 고단수다. 또 결코 손해 보는 일은 하지 않는다. 오로지 눈앞의 이익만을 좇는다. 과연 그런 사람들이 행복할까. 그렇지 않다고 단언한다. 오히려 연민의 정이 느껴진다. 한마디로 불쌍한 사람들이다. 공짜를 좋아하고 무임승차하려는 이들에게 친구가 있을까. 있을 리 만무하다. 항상 외로울 수밖에 없다. 사람들이 그들을 멀리하기 때문이다. 인심은 되돌아오지 않는다. 평소 잘해야 한다. 그러려면 가까운 사람부터 챙길 필요가 있다. 내 것도 희생할 줄 알아야 한다. 자기 것을 버릴 줄 알 때 길이 열린다.

성과지상주의

우리나라 사람들은 특히 조급증이 심하다. 모든 게 '빨리빨리'다. 과정은 생략한 채 결과를 크게 기대한다. 물론 결과가 중요하다. 과정이 아무리 훌륭한들 결과에 이르지 못하면 허탈해진다. 그러나 과정 또한 무시해서는 안 된다. 모든 일에는 선후가 있다. 과정이 선이라면, 결과는 후다. 둘은 떼려야 뗄 수 없는 관계다. 상호 보완할 필요가 있다.

누구든지 성과를 빨리 내고 싶어 한다. 직장에서는 그래야 인정을 받는다. 요즘은 모든 게 성과로 통한다. 성과지상주의라고 할까. 승진도 거기에 연동된다. 후배들이 성과를 내면 선배들은 초조해진다. 외부 경쟁뿐만 아니라 내부경쟁도 치열한 까닭이다. 대기업일수록 더욱 심하다. 분야에서 한 번 처지면 만회하기 어렵다. 그래서 죽기 살기로 일한다.

이들 녀석이 제대한 뒤 편입학원에 다니고 있다. 지금까지 다녔던 대학보다 나은 곳으로 옮기겠다는 것. 인문계통은 영어 시험만 본단다. 그런데 놈의 고민이 커지고 있다. 학원을 다녀도 영어 성적이 크게 오르지 않아서다. 조금씩 오르다 보니 조급증이 생겼다고 할 수 있다. "결과도 중요하지만, 최선을 다해라." 내가 놈에게 해준 말이다. 그럼에도 목표를 이뤘으면 좋겠다.

어제 과음하셨나요

　　술. 남자에게는 친구 이상으로 가깝다. 기쁠 때나 슬플 때나 그것을 찾는다. 일상에 활력을 주기도 한다. 나 역시 술을 정말 많이 마셨다. 그렇다고 애주가는 아니다. 대학 다닐 때는 보통 앉은 자리에서 소주 6~7병을 마셨다. 막걸리는 60잔 이상 먹은 기억도 있다. 생맥주는 1만 시시 이상. 얼마 전까지만 해도 폭탄주를 20잔 이상 마셨다. 이 정도면 주당 반열에 들듯 하다.

　　술에는 장사가 없다고 한다. 주위를 둘러봐도 그렇다. 예전에 주량을 과시하던 이들도 몸을 사린다. 몸에 적신호가 온 것이다. 술을 많이 마시면 탈나기 마련이다. 그렇지 않다면 되레 이상하다. 나도 요즘 술을 거의 마시지 않는다. 한번 입에 대면 많이 마시기 때문에 일부러 피한다. 그래서 불가피한 경우를 빼곤 저녁 약속을 하지 않는다. 대신 점심 때 지인들을 만난다. 이런 자초지종을 설명하면 그들도 고개를 끄덕인다. 집에 일찍 들어가는 만큼 잠도 일찍 잔다. 새벽에 빨리 일어남은 물론이다. 2시를 전후해 하루를 시작한다. 개인 블로그, 다음 아고라, 카페 활동도 주로 이 시간을 활용한다. "글 쓰는 시간이 늦어지셨네요. 혹 어제 과음하신 게 아니신지 걱정됩니다." 한 아고라 회원이 남긴 댓글이다. 관심을 보여주는 사람이 있어 행복하다.

새벽 기도

사람들은 무언가를 갈망한다. 굳이 기독교 신자가 아니라도 기도를 한다. 아침에 눈을 뜨면 소원을 빈다. 아픈 사람은 아프지 않았으면 할 것이고, 배고픈 사람은 먹을거리를 찾을 것이다. 부자나, 거지나 다를 바 없다. 누구든지 기도하는 순간만큼은 신성하다. 아무런 잡념도 없이 그저 빌 뿐이다. 그 가능성이 높지 않더라도 즐겁다. 무언가를 기대하고, 소망이 이뤄질지도 모른다고 생각하기 때문이다.

교인들은 새벽 기도를 다닌다. 하루도 빠짐없이 교회에 나가는 고위 인사를 만났다. "새벽 기도에 나가면 그렇게 즐거울 수가 없습니다. 일도 술술 풀립니다." 그러면서 모든 것을 하느님이 도와주신 덕분으로 돌린다. 동네 목욕탕 이발사도 독실한 신자다. 그분도 매일 새벽기도에 다닌다고 했다. 얼굴이 무척 맑다. 무신론자인 나에게도 새벽 기도에 동참할 것을 권한다.

새벽 기도를 남에게 과시하기 위해 다니는 사람도 있는가 보다. 서울 강남의 한 대형 교회. 신도가 수만 명은 된다. 유명 목사가 일부 신도를 향해 이렇게 질타했단다. "기사를 데리고 새벽 기도에 참석하려면 앞으로 나오지 마세요." 남을 배려해야 한다는 뜻에서 그랬을 터. 새벽 기도도 진정성이 우선이다.

등산과 불륜

등산은 전 세계인의 취미다. 그만큼 좋은 레저스포츠도 없다. 우리나라는 사방이 산이다. 천혜의 자연조건을 가졌다고 할까. 시내를 조금만 벗어나도 산에 닿는다. 어느 도시나 마찬가지다. 등산로 또한 잘 가꾸어져 있다. 최근엔 둘레길이 유행이다. 남녀노소 누구나 걸을 수 있다. 굳이 외국에 나가지 않더라도 국내에서 아름다운 자연을 감상할 수 있다.

지인들과 서울 여의도에서 저녁 모임을 가졌다. 화장실에 들렀다가 30대 초반의 회사원 몇 명과 마주쳤다. "등산이 불륜의 온상이래. 마누라 잘 감시해야 되겠어." 한 젊은이가 말을 꺼냈다. "그래 맞아. 올라갈 때는 남남으로 갔다가 내려올 때는 연인이 된대. 저녁 먹고, 노래방 가고, 2차까지도 간다는대⋯⋯." 다른 젊은이는 아예 불륜을 기정사실화했다.

어찌 이 지경까지 됐을까. 혼자 고개를 갸웃갸웃했다. 집에 돌아오는 길에 택시를 이용했다. "등산복 한 벌이 100만 원도 넘는데요. 특히 꽃뱀들이 좋은 옷을 입은 남자들을 골라 이용한다는 군요." 운전기사가 꺼내지도 않은 말을 했다. 우연의 일치일까. 젊은이나 운전기사나 똑같이 불륜을 우려했다. 단언컨대 불륜으로 이어진다면 산에 가지 않는 것이 좋다.

운수 대통한 날

살다 보면 슬픈 날보다 기쁜 날이 더 많다. 그럼에도 사람들은 찌듦에서 벗어나지 못하고 있다. 스스로 학대하는 경우도 본다. 만사를 부정적으로 보기 때문에 그렇다. 긍정적인 삶. 입으로는 그렇게 외친다. 그러나 행동은 삐딱하다. 무릇 삶에는 가치가 있다. 살아 있는 것 자체도 아름답다. 하루하루 즐기면서 보람을 찾아야 한다. 행복이 멀리 있지 않기 때문이다.

언제부턴가 눈을 뜨고 신문을 집어 들자마자 오늘의 운세부터 본다. 이제는 습관이 돼버렸다. 일진이 좋으면 하루 종일 기분이 좋다. 누군가 기쁜 소식을 전해줄 것 같은 생각도 든다. 실제로 그런 일이 종종 있었다. 나쁜 날은 조심하게 된다. 언행도 챙기고, 집에도 일찍 귀가한다.

회사 입무로 요 며칠간 마음고생을 했다. 수억 원짜리 입찰이 있었다. 마침내 그 프로젝트를 따냈다. 발표 당일 내 일진을 봤다. "행운이 있는 날." 아침부터 기분이 좋았다. 직원들에게 일진을 귀띔하며 결과가 좋을 것 같다고 했다. 예상대로 적중했다. 원래 전닐 발표하기로 했다가 하루 연기됐다. 전날 일진은 "겉만 꾸미는구나"였다. 찜찜하던 차에 연기 소식을 들으니 왠지 마음이 놓였다. 일진이 전혀 터무니없는 것은 아닌 것 같다.

대리 만족

사촌이 땅 사면 배 아파한다는 속담이 있다. 남이 잘되는 것 못 보는 세상이다. 그것이 인간의 본성일 게다. 대부분의 사람이 자신은 그렇지 않다고 강변한다. 그것 또한 거짓말이다. 이처럼 인간의 욕심은 끝이 없다. 무엇보다 내가 잘되기를 바란다. 그것이 없다면 삶의 의미가 있겠는가. 치열하게 살고자 하는 의욕도 거기서 생긴다.

일전에 한 모임에서 돌아가며 건배사를 했다. '위하여'가 제일 많았다. 그것도 바람을 내포한다. 건강을, 성공을, 발전을 위하여 외치곤 한다. 내 차례가 돌아왔다. 나는 '대리 만족'을 따라 해줄 것을 주문했다. 모두들 의아스러운 표정으로 나를 쳐다봤다. 갑자기 '대리 만족'이라니, 하는 눈치였다. 물론 부연 설명을 할 요량으로 그것을 제안했었다.

대리 만족. 남의 성공이나 발전을 보고 내가 느끼는 만족이다. 남이 잘되기를 바라는 마음이 밑바탕에 깔려야 한다. 보통 사람은 대리 만족을 느끼기 어렵다. 나부터 잘되어야 한다는 시샘 때문이다. 대리 만족은 자신에 찬 사람만이 느낄 수 있다. 본인도 자신 있기에 상대방의 성취를 축하해줄 수 있다. 속도 넓어야 한다. 대리 만족을 즐기기 위해서라도 자신감과 실력을 쌓자.

털어서 먼지 안 날 사람 없다

내가 하면 로맨스, 남이 하면 불륜. 사람에겐 자기를 합리화하려는 경향이 있다. 내 것은 모두 좋다고 생각한다. 살아가는, 존재의 이유인지도 모르겠다. 스스로가 못났다고 생각하면 살아갈 까닭이 없을 게다. 염세주의에 빠지면 안 된다. 무기력해지고 삶의 의미를 잃게 된다. 악착같은 근성이 있어야 한다. 그래야 삶에 활력이 넘치고 살아갈 의미를 찾는다.

텔레비전에서 종종 인사청문회를 본다. 장관, 대법관, 헌재재판관, 국정원장, 검찰총장 등이 대상이다. 청문회 고비를 넘지 못하고 낙마한 이도 여럿 있다. 고위 공직자로서 부적격했기 때문이다. 정말로 깨끗한 사람을 찾아보기 힘들다. 재산형성 과정 등 석연치 않은 대목이 많다. 그러다 보니 되레 겁먹고 사양하는 이들도 있단다. 우리나라 지도층 인사들의 현주소랄까. 아들 녀석이 웃으며 말한다. "아빠가 청문회 나가면 어떨까. 집도 작고, 돈도 없으니 그냥 통과될 것 같은데……." 아빠의 무능을 탓하는 소리로도 들린다. 녀석에겐 그렇게 비친 듯하다. 웃어야 할까. 지금까지의 나를 되돌아본다. 정말 깨끗하게 살아왔나. '털어서 먼지 안날 사람 없다'는 말이 있다. 나에게도 적용될 격언이다. 양심에 반하는 것은 생각부터 접고자 한다.

스트레스 덜 받기

현대인에게 가장 큰 고질병은 뭘까. 스트레스라고 한다. 실제로 그렇다. 만병의 근원은 거기서부터 비롯된다. 간혹 원인을 모르는 병도 있다. 환자들은 답답하기 짝이 없다. 병명을 모를 경우 의사들의 대답은 한결같다. "스트레스가 원인입니다. 스트레스는 풀고, 안 받도록 노력하세요." 이 같은 대답을 들어도 찜찜하기는 마찬가지다.

스트레스를 치료해 주는 명의는 없는 것 같다. 어떤 유명한 의사도 처방전을 내리지 못한다. 자기 스스로 해결할 수밖에 없다. 무슨 방법이 있을까. 어떤 이는 기치료, 명상을 권유하기도 한다. 취미 활동을 권하는 이들도 있다. 스트레스를 푸는 데 도움이 될 것은 분명하다. 그러면서도 한계를 절감한다. 100퍼센트 스트레스를 해소할 수 있는 방법이 없기 때문이다.

나 역시 스트레스를 받으며 살고 있다. 안 받는다고 하면 거짓말이고, 덜 받는 편에 속한다고 할 수 있겠다. '걱정이 없어 보인다'는 말을 자주 듣는다. 우선 마음을 비우고자 노력한다. 백지상태에서는 걱정이 없다. 스트레스를 받지 않음은 물론이다. 그다음은 죽음을 두려워하지 않는 것. 죽기를 각오한다면 스트레스도 무섭지 않을 터. 이래저래 스트레스가 문제이긴 하다.

부끄러운 언론

요즘 전직 언론인 2~3명이 집중 조명 받고 있다. 불미스런 일로 검찰의 조사를 받거나 의혹이 제기된 상태다. 대통령을 지근거리에서 보좌했던 그들이기에 충격이 더 크다. 언론의 사명은 무엇인가. 사회정의를 바로 잡는 게 첫 번째 임무라고도 할 수 있다. 많은 독자들도 그것을 바라고 있을 터. 그런데 고양이에게 생선을 맡긴 격이 됐다. 같은 언론에 몸담고 있는 사람으로서 부끄럽기 짝이 없다.

실제로 언론인들은 많은 사람들을 만난다. 정보를 얻고, 취재를 하기 위해서다. 언론인과 취재원은 불가근불가원의 원칙을 고수해야 한다. 그래야 중립적 입장을 견지할 수 있다. 한두 번 사람을 만나다 보면 성향을 대충 알 수 있다. 냄새가 난다 싶으면 멀리하는 것이 좋다. 어떤 로비스트도 얼굴에 쓰고 다니지 않는다. 그들의 전형적 수법이다.

25년째 기자생활을 하고 있는 나도 똑같은 상황에 노출돼 있다. 스스로 처신을 삼갈 수밖에 없다. 나름의 원칙을 갖고 생활한다. 저녁 약속은 부득이한 경우를 제외하곤 잡지 않는다. 불미스런 일은 대부분 밤에 이뤄지기 때문이다. 대신 점심을 한다. 그래서 오찬 약속이 많다. 부끄러운 언론인이 되지 않기를 다짐한다.

병원 검진 주저하지 말라

누구든지 안 아팠으면 한다. 아프지 않고 오래 사는 것이 모든 이의 꿈이다. 그러나 나이가 들면 이곳저곳 아픈 데가 생긴다. 그대로 받아들일 필요가 있다. "왜 나만 아프지." 실망하면 할수록 병은 커지는 법. 일찍 발견해 치료하는 것이 상책이다. 그런데 병원 가기를 꺼려한다. 누군들 좋아서 병원에 가겠는가. 남에 이끌려 병원에 가면 늦다.

몸의 적신호는 본인이 가장 잘 안다. 조금 이상하다 싶으면 병원을 찾아가 전문의와 상담하는 것이 좋다. 자기가 알아서 검사를 받지 말고 의사의 권유를 받아들여야 한다. 의학 상식이 아무리 뛰어나다 한들 전문의에는 미치지 못한다. 검사를 받아서 나쁠 것은 없다. 무엇보다 검사는 제때 받아야 한다. 때를 놓치면 병을 키우게 된다. 빠를수록 좋다는 얘기다.

'검사 중독증'에 걸렸다는 말을 종종 듣는다. 몇 해 전부터 두통이 있어 이런 저런 검사를 많이 받았다. 그때마다 '이상 무'다. 결과를 들으면 그렇게 개운할 수가 없다. 검사를 받지 않고 찜찜해하는 것보다 훨씬 낫다. 최근 소변이 시원치 않고 아랫배가 뻐근해 검사를 받았다. 검사 결과 역시 '정상'이었다. 물론 비용이 들지만 다른 데 투자하는 것보다 값짐은 말할 것도 없다.

나눔의 실천

받는 기쁨보다 주는 기쁨이 더 큰 것은 확실하다. 모두가 이것을 알고 있다. 그런데 실천하는 것은 쉽지 않다. 생각은 늘 하지만 행동이 따르지 않는다. 어떻게 하면 나눔을 실천할 수 있을까. 너무 크게 생각할 필요가 없다. 꼭 돈을 주지 않아도 된다. 가까운 이들과 마음부터 나누다 보면 행동으로 옮길 수 있다. 마음을 닫으면 아무것도 할 수 없다.

나도 나눔을 실천하고자 노력한다. 내가 할 수 있는 가능한 범위 안에서 찾는다. 그동안 5권의 에세이집을 내면서 여러 사람들에게 책을 나눠 드리고 있다. 나도 부담이 적고, 받은 분들도 큰 부담을 느끼지 않을 것이다. 그러나 그 기쁨은 이루 말로 표현할 수 없다. 독자들과 소통할 수 있어 가장 좋다. 이런 저런 쪽지, 메일, 메시지를 남겨 주신다. 그것을 볼 때마다 힘이 솟는다.

최근 한 카페 회원들에게 책을 나눠 드렸다. "받자마자 몇 페이지를 읽으며 지긋이 웃기도 하고, 옛날을 떠 올려보기도 했습니다. 얼굴 모습에서 인자함과 따뜻함이 묻어나는 것이 삶의 모습이 매우 아름다웠음을 알 것 같네요. 개인적인 일 때문에 매주 월요일 서울에 올라가는데 시간이 되면 따뜻한 차 한 잔 대접하겠습니다." 경주의 한 목사님이 연락해 왔다. 이것이 나눔 아닐까.

정년퇴직

한 직장에서 정년퇴직을 한다는 것은 행운이다. 줄잡아 20~30년은 근무한다. 젊음을 불살랐던 곳이다. 애정과 애착이 가지 않을 수 없다. 그러나 정년을 채우지 못하고 직장을 떠나는 경우가 훨씬 많다. 사오정(45세 정년)도 그래서 나온 말. 쉰이 되기 전에 그만두면 막막해진다. 갈 마음은 있지만, 오라는 데가 거의 없다. 한창 일할 나이인데도 말이다.

회사를 일찍 그만둔 사람들이 한결같이 하는 말이 있다. "싫은 소리를 듣더라도 꾹 참고 견디어라. 바깥세상은 너무 춥다. 정년까지 꽉 채우고 그다음을 생각해도 늦지 않다." 정말 그렇다. 조금 나은 조건에 직장을 옮겼다가 낭패를 보는 경우를 적잖이 본다. 항상 남의 떡이 커 보이는 법. 실상은 그렇지 않은데도 망설이게 된다. 이직은 심사숙고할 필요가 있다.

회사 동료 5명이 정년을 맞았다. 동고동락해온 것이 엊그제 같은데 벌써 정년이란다. 한 분은 30년 10개월을 근무했다고 했다. 뼈를 묻었다고 할 수 있다. 나이는 정년이 됐지만, 외모는 청년의 모습이다. 얼마든지 더 일할 수 있다. 그래서 말씀을 드렸다. "쉬는 시간을 최대한 줄이세요. 놀면 늙습니다." 직업에 귀천은 없다. 남의 눈치를 볼 필요가 없다는 얘기다.

정치인과 진실 게임

요즘 신문이나 방송을 보면 진실 게임이 한창이다. 한쪽에서는 의혹을 제기하고, 다른 편에서는 강하게 부인한다. 어느 장단에 춤춰야 할지 모르겠다. 괜스레 짜증도 난다. 그들만의 싸움에 독자들을 끌어들이는 느낌이다. 국민은 시원한 뉴스를 더 원한다. 그러나 정치인들은 자극적인 뉴스에 민감하다. 아니면 말고 식의 디뜨리기도 서슴지 않는다.

순도 100퍼센트의 인간은 없다. 누구나 결점이 있고 흠이 있기 마련이다. 때문에 진실을 가리는 것도 쉽지 않다. 정치인에게 진실을 기대하는 것이 당초부터 무리일까. 모두들 자기 합리화에만 열중한다. 내가 하면 로맨스요, 남이 하면 불륜이다. 말들은 참 잘한다. 둘러대기에 선수다. 참신하다 싶은 인물도 그 물에 들어가면 물든다. 살아남기 위한, 어쩔 수 없는 신택이란 말인가.

나른한 오후 친구에게서 전화가 왔다. "당신 같은 사람은 정치하면 정말 안 되겠어. 매번 당할 것 같아." 나를 쭉 보아온 그가 내린 결론이었다. 나도 동의했다. 깨끗한 정치판은 기대하기 어렵다. 유유상종이라고. 정치 입문을 몇 차례 권유받은 적이 있다. 그때마다 제의만 고맙게 받았다. 사람 일은 모른다고 한다. 지금 이대로가 더 좋은데……

대인공포증

다른 사람 앞에 서는 일. 죽기보다 싫어하는 사람들이 많다. 그래서 말 잘하는 사람들을 부러워한다. 우리는 주입식 교육에 길들여진 터라 발표와 토론에 익숙지 않다. 질문을 하라고 해도 모두 말문을 닫는다. 특히 마이크 앞에서는 주눅이 든다. 어느 자리를 가든 거의 비슷하다. 학생들을 가르치는 교수님이나 선생님도 마찬가지라고 한다.

대인공포증은 누구나 다 있다. 유명 MC나 강사도 대중 앞에 서면 떨린단다. 남들이 눈치채지 못할 뿐이다. 어떻게 하면 이 증세를 극복할 수 있을까. 스스로 노력을 통해 방법을 터득해야 한다. 자꾸만 뒤로 빠지려고 해서는 극복할 수 없다. 자신감 있게 맞닥뜨려야 한다. 우선 창피함을 무릅써야 쉽게 극복할 수 있다. 주눅이 들면 점점 더 대중 앞에 설 수 없게 된다.

처음부터 말 잘하는 사람은 없다. 부단한 연습을 통해 능수능란해질 수 있다. 대인공포증도 자연스레 사라진다. "저도 처음에는 말을 못했습니다. 기관장을 1년여 하면서 여러 사람 앞에 서는 일이 많아지다 보니 두려움도 사라지더군요." 전직 차관급 인사의 회고담이다. 배짱을 키우는 것도 좋은 방법이다. 배짱이 두둑하면 남 앞에 서도 떨지 않기 때문이다.

차, 골프, 여자

인간의 욕망은 끝이 없다. 또 사람마다 비슷하다. 내가 흥미 있고 재밌는 것은 남도 그렇기 때문이다. 물론 별난 취미를 갖고 있는 사람들도 많다. 많은 사람들이 더 크고 화려한 것을 원한다. 집이 그렇고, 차도 그렇다. 가계가 기울지 않는 한 선택의 여지가 없다. 집은 평수를 늘리고, 차량은 배기량은 늘린다. 요즘은 집보다 차를 선호하는 추세이긴 하다.

골프도 정말 재밌는 운동이다. 한 번 빠지면 헤어나기 어렵다. 그런데 비용이 문제다. 골프에 미친 사람들이 의외로 많다. 일주일 내내 골프 얘기만 하는 마니아들도 있다. 듣기에 거북할 정도다. 남자에게 여자는 늘 선망의 대상이다. 늘씬하고 예쁜 여자를 보면 모두 반한다. 차, 골프, 여자에겐 공통점이 있다. 어느 한쪽이든 너무 빠지면 망한다는 것. 특히 여자에게 미치면 패가망신하는 경우가 많다. 나머지 둘은 치유가 가능하지만 여자에게 빠지면 차마 눈뜨고 못 볼 꼴도 보게 된다.

사업하는 지인을 만났다. 그 역시 차와 골프에 빠진 적이 있다고 털어놨다. 다만 여자는 돌처럼 본 덕분에 지금의 위치에 있다고 했다. 남자들은 여유가 생기면 곁눈질을 하곤 한다. 첫째도 둘째도 가정이다. 가화만사성(家和萬事成)이라고 하지 않던가.

권력이 뭐길래

돈이 최고라고 한다. 그다음이 있다면 뭘까. 건강, 명예, 권력 등을 꼽을 게다. 의제가 잘못 설정됐다고 지적하는 사람도 있을 듯하다. 돈보다는 건강이 최고라는 것. 맞는 얘기다. 아무리 돈이 많아도 건강이 뒷받침되지 않으면 쓸모없다. 돈과 건강을 갖췄다면 권력도 그려 본다. 권력에의 의지도 그래서 나온 말일 터. 그것에 한 번 맛들이면 빠져나올 수 없다. 함정이 도사리고 있는 것이다. 권력에 도취됐다고 할까.

우리 언론은 '실세'라는 말을 많이 쓴다. 영향력 있는 사람이라는 뜻이다. 그런데 왠지 어감이 안 좋다. 구린내가 풍기는 인상이다. 실세의 말로가 좋지 않은 탓일까. 정권 초기에는 실세를 지칭하는 말도 가지가지. 2인자, 왕실장, 왕수석, 왕차관, 순장조 등으로 스포트라이트를 한 몸에 받는다. 그런데 시간이 흐를수록 빛이 바래기 시작한다. 일부 인사는 영어의 몸이 되기도 한다. 부귀영화는 순간이다. 나락으로 떨어지는 순간 누구도 눈길을 주지 않는다. 임명권자조차 고개를 돌린다. 인지상정이다.

스스로 실세인 양 허풍을 떠는 사람들도 있다. 100퍼센트 거짓말쟁이다. 쉽게 확인할 수 없는 정보를 손에 쥐고 사람들을 현혹시킨다. 실세에게도 가장 큰 덕목은 겸손이다.

기업이 젊어지고 있다. 최초 임원의 나이도 낮아진다. 40대 중·후반에 임원이 되지 않으면 승진하기 어렵다. 좋은 현상일까. 젊은 층에선 환호할 거고, 장년층에선 꺼림칙해할 것이다. 직원의 분포도는 피라미드 구조가 가장 좋다. 그래야 생산성을 기대할 수 있고, 경쟁력도 생긴다.

언론사에 몸을 담았다가 몇 해 전 기업으로 옮긴 후배가 있다. 우리나라에서 제일 잘나가는 포털 회사. 그 후배는 임원으로 일하고 있다. 올해 만 49세. 수천 명의 임직원 중 나이로 서열 5위 안에 든다고 한 적이 있다. 그래서 물어봤다. "제일 나이 많은 사람은 몇 살입니까." 쉽게 말이 나온다. '79학번'이라고 했다. 우리 나이로 치면 52세. 깜짝 놀랐다. 그렇게 젊은 회사인 줄은 상상도 못했다. 내친 김에 직원의 평균 나이도 물어봤다. "만 31세가 되지 않을 겁니다." 이것이 그 회사가 1등을 고수하고 있는 비결일까. 아무튼 나에겐 충격이었다.

나도 52세. 그 회사의 최고령과 동갑이다. 쉰도 한창 일할 수 있는데, 사회는 더 젊음을 원한다. 나이 탓만 하고 있어야 할까. 도태되지 않으려면 스스로 경쟁력을 키워야 한다. 그것만이 험한 세상을 헤쳐 나갈 수 있는 비결이다.

술, 계속 마셔야 하나

술도 음식이라고 한다. 그런데 많이 먹으면 탈이 난다. 술 때문에 망치는 경우도 많이 본다. 우선 건강을 해친다. 특히 간에 좋지 않다. 간은 한 번 손상되면 회복하기 어렵다. 날마다 술을 마시는 것은 삼가야 한다. 간의 해독이 안 돼 치명상을 입을 수도 있다. 며칠 간격을 두고 마시는 것이 좋단다. 간도 쉬는 날이 있어야 하기 때문이다.

술도 건강해야 마실 수 있다. 건강이 나빠지면 마실 수 없다. 술에 관한 한 '달인'이라고 할 만한 지인이 있다. 법조계에서 알아주는 애주가다. "친구들이 술을 끊었다고 얘기합니다. 그러면 몇 개월 뒤 신문 부음란에 납니다." 그의 지론은 술을 계속 마시라는 것. 건강이 뒷받침되기에 술을 마실 수 있다는 얘기다. 멀쩡한 사람이 술을 끊으면 그때부터 건강에 적신호가 켜진 것으로 볼 수 있다. 지인의 말을 듣노라면 헛웃음이 나오곤 한다.

요즘 대학생들은 술을 적게 마시는 것 같다. 학점 경쟁과 취업 준비, 아르바이트 때문에 술 마실 여유가 없단다. 살기가 더욱 팍팍해져서 그렇다. 대신 자기 관리에 많은 시간을 투자한다고 한다. 바람직한 현상이다. 젊어서 술에 찌들면 심신이 피폐해진다. 술로 대변되던 대학 시절의 낭만은 옛 얘기가 된 듯하다.

이사

결혼 후 분가해서 몇 번쯤 이사를 할까. 적어도 대여섯 번은 할 것이다. 월급쟁이의 경우 이사를 통해 집을 늘려갈 수밖에 없다. 그것이 바로 재테크의 수단이다. 또래의 지인들을 보더라도 그렇다. 이사를 많이 할수록 결과가 나쁘지 않았다. 대출금을 갚고, 몇 번 이사를 하면 넓은 평수의 집에 실 수 있다. 게다기 강남에서 집을 사고팔면 강북에 비해 몇 배의 수익이 생겼다.

지금 살고 있는 집은 영등포. 19년째 살고 있다. 결혼 후 두 번째로 옮긴 집이다. 동네의 원주민이나 다름없다. 집값은 처음 살 때에 비해 세 배 정도 올랐다. 집을 살 당시 집값은 강남과 별 차이가 없었다. 몇 천만 원만 대출받으면 같은 평수의 아파트를 살 수 있었다. 결과적으로 재테크를 하지 못한 셈이다. 그땐 나도, 이내도 집에 대한 개념이 없었다. 물론 지금도 마찬가지지만.

이사할 땐 터 얘기를 많이 한다. 집에 우환이 끊이지 않으면 이사 갈 것을 권유한다. "터가 나쁜 것 같으니까 이사를 해보면 어때." 회사 사무실을 옮겼다. 짐이 적지 않아 직원들이 고생했다. 먼저 사무실보다 조금 좁다. 예전에 있던 곳이란다. "국장님, 이곳에서 돈을 많이 벌었습니다." 나도 왠지 새로 옮긴 곳이 편하다. 좋은 일이 자꾸 생길 것 같다.

대머리의 비애

이 세상에 완벽한 외모를 지닌 사람은 없다. 조물주가 그렇게 만들었다. 다들 부러워하는 배우나 탤런트, 모델들도 신체적 결함을 실토한다. 그래서 끊임없이 몸에 손을 댄다. 성형 시술이 점차 유행하는 이유일 터. 요즘은 남녀노소 할 것 없이 성형을 생각한단다. 아름다워지려고 그러는데 탓할 일도 아닌 것 같다. 모든 사람의 이상이기 때문이다.

머리 숱 때문에 걱정하는 사람들이 많다. 자고 일어나면 머리가 한 움큼씩 빠져 경악한다. 유전적 요인도 있고, 그렇지 않은 경우도 있다. 이른바 대머리를 말한다. 그렇다고 조상을 원망할 수도 없는 일. 탈모를 방지하기 위해 온갖 방법을 다한다. 좋다는 약을 구해 먹고, 바른다. 숱을 살리기 위해 처절하리만큼 공을 들인다. 일부 효과를 보기도 한다. 그래도 안 되면 가발을 쓴다.

대머리가 법의 심판대에도 올랐다. 대머리라고 부르면 명예훼손이 될까. 1심은 '무죄'를 선고했다. 그러나 2심에서는 유죄가 인정돼 '벌금 30만 원'이 선고됐다. 이번엔 대법원이 원심을 깨고 무죄 취지로 사건을 돌려보냈다. 웃어야 할까. 대머리가 표준어임에는 틀림없다. 그런데 대머리 입장에서는 자기를 경멸하고 비하하는 소리로 들린다. 한국어만이 가진 특성일 듯싶다.

명동 거리

서울에는 이름난 거리가 많다. 그곳에는 사람이 넘쳐 난다. 가장 사람이 많이 오가는 곳은 어디일까. 아마 명동일 게다. 하루 종일 사람이 붐빈다. 특히 외국 관광객들이 많다. 우리말, 일본말, 중국말이 혼합돼 헷갈릴 때도 있다. 그만큼 활기를 띤다. 명동에 크고 작은 식당만 5000개가 넘는단다. 점심때는 줄을 선다. 인파가 한꺼번에 쏟아져 나오기 때문이다. 명동만의 특색이 있다. 없는 것이 없을 정도로 다양하다. 쇼핑도 마음껏 즐길 수 있다. 비싼 브랜드뿐만 아니라 저렴한 제품도 즐비하다. 기호에 맞춰 사면 된다. 세계 어느 곳을 둘러봐도 명동처럼 생기 넘치는 거리는 드물다. 관광자원으로 충분히 활용할 만하다. 때문에 외국인의 답사 필수 코스로 자리 잡은지 오래다. 명동을 더 소상하게 알릴 필요가 있다.

지인과 명동에서 11시 30분에 만나기로 했다. 만나자마자 밥부터 먹잔다. 조금 늦으면 줄을 선다는 게 이유였다. 그의 사무실 근처 식당으로 옮겼다. 벌써 식당 홀을 반쯤 채우고 있었다. 순두부와 갈비구이를 시켰다. 비싸지도 않았다. 순두부는 1인분에 7000원, 갈비구이는 1대에 9000원. 둘이 식사를 하고 치른 돈은 3만2000원. 이처럼 저렴하게 명동의 맛을 즐길 수도 있다. 주말 명동 나들이를 계획해 보라.

일병장수

인류 최고의 바람은 무병장수다. 병에 걸리지 않고 오래 살 수 있다면 더 이상 무엇을 바라겠는가. 그러나 그 꿈은 실현하기 어렵다. 현대인에게는 질병이 많다. 성인 어른의 경우 보통 한두 가지는 달고 산다. 오히려 약을 먹지 않는 사람이 이상할 정도다. 제일 흔한 것이 고혈압과 당뇨. 겉으로 보기엔 멀쩡해도 입에 약을 털어 넣는 사람들이 적지 않다. 오랜만에 만난 지인이 충격적인 소식을 털어놨다. 지인 친구의 급작스런 죽음을 얘기했다. 그 친구는 전주에서 고등학교 교장을 하고 있었단다. 전날 학교 이사장 집에 들러 유쾌한 시간을 보냈는데 이튿날 아침 갑자기 숨졌다는 것. 사망원인은 심근경색. 평소 건강했었기에 충격이 더 크다고 했다. 그러면서 무병장수 대신 일병장수를 얘기했다. 한 가지는 아파야 병원에도 다니고, 오래 살 수 있다는 것. 곰곰이 생각해 보니 그랬다.

요 며칠 배가 아파 고생했다. 하루걸러 밤잠을 설치기도 했다. 회사 근처 가정의학과에 들러 약을 지어 먹었으나 듣지 않았다. 고민 끝에 위 내시경 검사를 받았다. 10개월 전 검사에서는 식도염만 약간 있었는데 나빠진 것으로 나왔다. 위염도 있었다. 처방을 받고 나서야 안심이 됐다. 병원 가는 것 두려워 말자.

초코파이의 추억

1980년대 초반. 논산훈련소 시절이 생각난다. 1월 초에 입대했다. 그해 겨울은 유난히 추웠다. 황산벌은 춥기로도 유명하다. 5주 동안 훈련을 받았다. 힘들었지만 동기들과 함께했기에 견뎌낼 만했다. 세끼 식사를 해도 항상 배가 고팠다. 당시에도 매점은 이용할 수 있었다. 그때 먹었던 초코파이 맛은 영원히 잊을 수가 없다. 어찌나 맛있었던지 두세 개를 눈 깜짝할 사이에 먹어치웠다. 눈에 띄지 않게 화장실에서 먹었던 기억도 난다. 지금도 그때를 생각하며 먹을 때가 있다. 맛은 예나 지금이나 다름없다.

초코파이는 이젠 세계적 명물이 됐다. 전 세계 60여 개국에 팔려 나간단다. 러시아는 말할 것도 없고, 중국과 베트남에서도 선풍적 인기다. 제사상에 오르고 결혼식 답례품으로까지 애용된다니 그 인기를 기늠할 만하다. 과자 한류(韓流)를 이끈다고 하겠다. 처음 제품이 출시된 것은 1974년. 한 제품의 수명이 이만큼 긴 예도 드물다. 100년은 갈 것 같은 예감이 든다. 개성공단에서도 초코파이 때문에 난리란다. 북한 근로자들에게 간식으로 주는 초코파이 개수가 업체마다 달라 일이 불거졌다. 이에 입주 기업들이 통일된 지급기준을 마련해 달라고 요구한 것. 북한엔 초코파이계까지 있다고 한다. 초코파이가 남북의 외교 문제로 대두될지도 모르겠다.

비자금

월급쟁이의 애환은 이루 말할 수가 없다. 우선 박봉에 시달리다 보니 스스로 위축된다. 모든 게 부담스럽다. 선뜻 밥값도 내지 못한다. 이래저래 눈치를 많이 본다. 주머니 사정이 넉넉지 않아서다. 아내에게 용돈을 타 쓰는 경우엔 더하다. 아내는 쥐꼬리만큼 월급을 갖다 주면서 손을 내민다고 타박한다. 면목이 없지만 그럴 수밖에 없는 남편의 사정도 이해해야 한다.

그래서 비자금이 필요하다. 그런데 돈이 있어야 비자금을 만들 것 아닌가. 월급쟁이에게 가욋돈은 기대하기 어렵다. 부정한 거래를 하지 않고서는 돈을 만들 수 없기 때문이다. 월급 이외에 만들 수 있는 돈은 인센티브나 수당 정도. 그것도 사정이 나은 회사에서나 가능하다. 형편이 어려운 회사는 강제로 휴가를 보내는 등 최대한 비용을 줄인다. 이를 어찌할꼬…….

선배들이 말한다. "아내 모르는 딴 주머니를 반드시 차야 되네. 그렇지 않으면 사람 노릇 하기 어려워." 경험담에서 나온 말이다. 지금부터라도 비자금 계획을 세워야 하나 싶다. 사정이 여의치 않으면 용돈을 떼어 마련할 수밖에 없다. 티끌 모아 태산이라고 하지 않던가. 멀리 내다보고 조금씩 저축하는 습관을 들일 필요가 있다. 나 역시 비자금은 없다.

관음증 환자

"육군장성이 남의 여자랑 차 안에서 빨가벗고 있다가 남편한테 들켜서 여자가 한강에 투신했다네요. 참 슬프기도 하고 기가 찰 노릇입니다. 대한민국 육군 준장이 남의 아내나 건드리고 있으니 말이죠. 이런 사람 국방부에 계속 있어야 하나요. 에휴!" 우연히 트위터를 검색하다가 발견한 글이다. 블로그, 트위터, 페이스북에 장군의 불륜 사실이 도배질됐다. 관음증을 불러일으키기에 충분해서 그럴까. 한 사람이 숨졌으니 안타까운 일이 아닐 수 없다. 그 가족의 슬픔은 얼마나 크겠는가.

불륜을 다시 생각해 본다. 엄청난 재앙을 몰고 오는 데도 없어지지 않는다. 정말로 남녀 사이는 알 수 없다. 전혀 그럴 것 같지 않은 사람도 대상이 되곤 한다. 누구나 불륜의 욕망은 꿈틀거린다고 하겠다. 이성에 의해 그것을 누를 뿐이다. 감정을 억제하지 못하면 불륜의 늪에 빠질 수 있다. 정작 당사자들은 파탄 지경에 이르러서야 후회하고 반성한다. 그때는 이미 늦었다.

사람들은 왜 남의 불륜에 관심을 가질까. 관음증 때문이다. 관음증 환자들은 남의 불륜을 보고 대리만족을 느낀다고 한다. 몰래 카메라 등이 판치는 이유일 게다. 섹스 산업 역시 마찬가지. 어쨌든 불륜은 저지르지 말아야 한다.

결혼 그리고 섹스

우리나라는 혼전 순결을 중요시 여긴다. 그러나 시대가 바뀌면서 혼전 순결도 예전만 못하게 됐다. 실제로 숫총각, 숫처녀는 몇 퍼센트쯤 될까. 정확한 수치가 없어 잘 모른다. 옛날에 비해 줄어들었을 게 분명하다. 요즘 젊은이들은 성에 무척 개방적이다. 혼전 동거도 심심찮게 한다. 결혼 후 이혼으로 이어지는 원인 중 하나이기도 하다.

섹스를 싫어하는 사람은 없다. 남녀 모두 절정의 기쁨을 맛보기에 그렇다. 물론 나이 들면서 횟수가 줄어들고, 상대적으로 관심이 적은 사람이 있기 하다. 동물적 본능은 감출 수 없는 것이다. 결혼을 하면 섹스 문제가 해결된다. 권태기를 느껴 외도를 하는 이들도 더러 본다. "가족끼리 무슨 관계를 해?" 웃어야 될까. 일탈 행동임엔 틀림없다.

스코틀랜드 왕립 에든버러 병원의 조사 결과가 재미있다. 나이에 비해 젊어 보이는 미국인, 영국인 등 3500명을 대상으로 공통점을 추적했단다. 그 결과 운동과 더불어 섹스가 가장 중요한 요인으로 꼽혔다. 여러 명의 섹스 파트너와 성관계를 하는 것보다 한 사람과의 장기적인 성생활이 '젊음'의 비결이라고 한다. 대한민국의 부부들이여! 명심할지어다.

모두 당신 탓이야

아이들을 키우다 보면 부부싸움을 종종 하게 된다. 성적 때문에 그런 경우가 많다. 성적이 떨어지거나, 대학 입시에 실패하면 상대방 탓으로 돌린다. 남편은 아내를, 아내는 남편을 탓한다. "애들을 어떻게 지도했기에 이 모양이야!" 남편들이 아내의 신경을 건드린다. 아내도 지지 않는다. "허구한 날 집에 늦게 들어오고 애들한테 신경 쓴 적 있어?"

부부간에도 해서는 안 될 말이 있다. 상대방의 자존심을 건드리면 안 된다. "당신 닮아서 애들이 모두 저 모양이야." 이런 말은 절대로 쓰지 마라. 서로 내 탓으로 돌리면 모든 문제가 해결된다. 조금씩 양보하라는 얘기다. 특히 남편들이 더 신경을 써야 한다. 모든 것을 아내에게만 맡길 경우 트러블이 생긴다. 가장이라면 아빠로서의 책임을 방기하지 마라.

일본에서는 '아빠 자격시험'도 본다고 한다. 2008년 실시된 제1회 시험에는 일본 전역에서 1100명의 아빠들이 응시했단다. 시험 점수에 따라 총 5단계 인증서를 수여한다. 가장 점수가 좋은 아빠에게는 '슈퍼 아빠' 인증서가 주어진다. 또 가장 점수가 낮은 사람에겐 '두근두근 아빠'라는 칭호가 수여된다. 기왕이면 '슈퍼 아빠'가 낫지 않겠나.

쓸데없는 소리라도 하라

인간은 다른 동물이 갖지 못한 기능을 하나 가지고 있다. 언어다. 그것을 통해 의사소통을 할 수 있었고, 문명을 일구었다. 언어는 대화의 수단이다. 유용하게 쓰면 약이 되지만, 잘못 쓰면 독이 된다. 인간이 필요한 말만 할 수는 없다. 때론 쓸데없는 소리, 허드렛소리도 하게 된다.

특히 부부간에 대화가 필요하다. 그러나 대화를 하지 않는 가정도 적지 않다. 부부끼리 대화를 적게 하니 아이들도 말 수가 줄어든다. 집안이 삭막해짐은 말할 나위가 없다. 집안은 왁자지껄해야 한다. 그래야 사람 사는 맛, 온기를 느낄 수 있다. "쓸데없는 소리 좀 하지 마." 남편이 곧잘 아내를 타박하기도 한다. 아내가 무슨 말을 하려고 하면 먼저 선수를 친다. 아주 나쁜 버릇이다.

친밀감을 유지하는 가장 좋은 방법이 대화이다. 대화라는 것이 꼭 할 말만 하는 것은 아니다. 사람이 할 만만 하고 살 수는 없다. 단조로움을 피하기 위해서도 그렇다. 본격적인 대화를 하기 전에 입맛을 다지는 대화를 하기 마련이다. 하물며 부부 사이의 대화에서 꼭 할 만만 하면서 살 수 있겠는가. 쓸데없는 소리를 하는 것이 윤활유가 될 때도 있다. 아내의 수다도 좋다. 잘 들어주는 것도 남편 몫이다.

살맛 더해 주는 호기심

꼬마들은 궁금한 게 참 많다. 무엇이든지 엄마, 아빠에게 물어본다. 귀찮을 정도로 묻기에 짜증을 내기도 한다. 그러나 아이들이 커 가면서 점점 질문이 줄어든다. 이치를 터득해서도 그렇지만, 질문해도 소용없다는 것을 알아차려서다. 엄마, 아빠 역시 모르는 것이 많다. 물음에 답해 주지 못하는 부모 마음이야 오죽하겠는가.

호기심은 좋은 버릇이다. 천재 과학자도 호기심이 발동해 역사적 발명품을 내놓는다. 인류는 그 혜택을 누린다. 호기심은 도전으로 이어진다. 도전이 없는 한 인류 문명은 발전할 수 없다. "문명은 도전과 응전의 과정이다." 영국의 역사학자 토인비는 이렇게 정의했다. 독자적인 문명사관이 나온 배경이다.

한 선배는 예순이 넘었는데도 호기심이 대단하다. 신문이나 잡지 등에서 새로운 것을 보면 꼭 오려둔다. 나중에 직접 찾아가거나 확인한다. PC방 등 젊은이들이 주로 찾는 곳도 들러 본다. 그래야 직성이 풀린다고 했다. "세상이 아주 재밌어. 자네들도 그 같은 재미를 느껴보게." 호기심을 가져 보라는 주문이다. 나이 들어 호기심을 보이면 주책없다고 핀잔도 듣는다. 남을 의식하지 말고 호기심을 가져보자. 살맛을 더해 준단다.

영화기피증도 병

우리의 문화산업 가운데 영화만큼 급성장한 것도 없을 게다. 2000년대 들어서다. 관객 1000만 명을 돌파한 영화가 여럿 있다. 예전에는 미국 헐리웃 영화만 가능한 줄 알았다. 그런데 우리나라 감독이, 한국배우를 출연시켜 만든 영화가 그것을 달성했다. 비약적 발전을 이룩한 것이다. 영화산업 종사자들에게 큰 박수를 보낸다.

1000만 명이라면 국민 5명 가운데 1명꼴이다. 웬만한 성인은 대부분 봤다는 산술적 계산이 나온다. 그 같은 영화를 한 번도 보지 못했다. 안 봤다는 표현이 솔직할 듯싶다. 영화에 관심이 없어서다. 주변에서 영화 얘기를 하면 딴청을 한다. 등장 배우의 연기력이나 줄거리에 대해 아는 바가 없기 때문이다. 수모(?)를 당하면서도 영화관으로 발길이 돌려지지 않는다.

집 근처에 대형 영화관이 들어섰다. 스크린은 세계 최대 규모라고 기네스북에도 올랐단다. 아내의 성화를 못 이겨 영화관을 찾았다. 워낙 영화를 안 봐서 그런지 집중을 할 수 없었다. 대사도 귀에 들어오지 않았다. 마침 잘 알고 지내는 전직 장관님이 전화를 주셨다. 구세주를 만난 기분이었다. 슬며시 영화관을 빠져 나와 20여 분을 보냈다. 영화기피증이 심각하다는 것을 비로소 깨달았다.

독서도 습관이다

지하철을 이용해 출퇴근을 한다. 좀 붐비긴 해도 가장 편리한 교통수단이다. 시간을 제대로 맞출 수 있어 서두를 필요가 없다. 지하철 안의 풍경은 조금 실망스럽다. 책을 펴 든 이를 찾아보기 어렵다. 대부분 휴대전화를 만지작거린다. 공중예절을 무시하고 통화를 하는가 하면 게임을 즐기기도 한다.

우리나라 사람들은 책을 참 안 읽는다. 나이 들수록 더하다. 통계에 따르면 성인 3명 중 1명은 연간독서량이 제로다. 선진국임을 자임하는 마당에 부끄러운 일이다. 독서의 장점은 굳이 설명할 필요가 없다. 감성을 풍부하게 만들고, 정보와 지식을 얻을 수 있다. 나의 부족한 부분은 간접경험을 통해 얻고자 하는 것이다.

교교 친구들을 만난 자리에서 또 한 번 놀랐다. 식자층으로 손색이 없는 그들이다. 10명가량 모였는데 정기적으로 책을 구독해 읽는 친구는 1명에 불과했다. 나머지는 거의 읽지 않는다고 했다. 시간이 나지 않는다고 이유를 댔다. 언론사 대 선배의 말이 생각났다. "저는 아무리 늦게 퇴근해도 집에서 30분 이상 책을 읽고 취침 합니다." 독서도 습관이다.

메모를 습관화하자

　　기억에는 한계가 있다. 아무리 머리가 좋은 사람도 100퍼센트 기억해낼 수는 없다. 그래서 메모하는 습관이 필요하다. 현장에서 그때그때 기록하는 것이 가장 좋다. 그러나 상황이 허락하지 않을 때도 있다. 그런 경우 잊어버리기 전에 메모해 두면 된다. 제목 정도만 적어놔도 나중에 큰 도움이 된다. 연상 작용을 통해 기억을 되살릴 수 있기 때문이다.

　　메모가 습관화된 사람에게는 당해낼 재간이 없다. 고위층이 메모를 열심히 하면 아랫사람들이 긴장하게 된다. 어떤 지시가 떨어질지 모른다. 김대중 전 대통령은 대단한 메모광이다. 어떤 회의든 큰 노트를 가지고 참석한다. 거기에 본인만 알아볼 수 있는 방식으로 메모한다. 깨알 같은 글씨로 꼼꼼히 적는다. 그는 숫자에 특히 강했다. 대화도 3단 논법으로 끝낸다. 메모를 습관화하는 데서 비롯됐다고 본다.

　　메모를 잘하고, 자료만 충실히 모아도 중간 이상은 간다고 한다. 다행히 그런 습관을 길러 왔다. 직장 생활을 한 이후 사용한 노트와 수첩은 한 권도 버리지 않았다. 종이 상자에 차곡차곡 싸 놓았다. 나의 흔적이라고 생각하면 흐뭇할 때도 있다.

민중 엣센스 국어사전을 손에 넣었다. 그 어느 때보다 흐뭇했다. 이희승 선생님이 감수한 것이다. 그동안 30년이 훨씬 넘은 사전을 가지고 뒤적거렸다. 그러다 보니 없는 단어도 많았다. 특히 영문 표기 등은 없는 것이 허다했다. 신조어 역시 마찬가지다. 10년이면 강산도 변한다고 했는데, 너무 오래 끼고 있었다. 명색이 글을 쓴다고 하면서 부끄럽기조차 했다.

사전의 의미를 꼼꼼히 살펴봤다. "문화의 내용이 담겨진 글자 낱말 술어 등을 면밀히 풀이하여, 그 개념을 정확 분명히 파악하고, 올바르게 사용할 수 있는 조건을 갖추게 하는 것이 사전의 임무일 것이며, 그 나라 문화 발달 척도로서의 사전의 구실과 의의를 재발견하게 되는 것이다." 선생님은 1974년 한글날 사전을 감수하면서 이처럼 정의를 내렸다.

우리말을 제대로 사용하려면 사전을 애용해야 한다. 궁금하거나 느낌이 어색하면 바로 들춰보라. 해답은 그곳에 있다. 한글처럼 아름다운 글도 세상에 없다고 한다. 그런데 홀대받고 있다는 생각이 든다. 요즘은 언어 파괴 현상이 심해 아예 받침 없이 쓰기도 한다. 메시지를 주고받는 경우 헷갈릴 때가 많다. 어느 새 따라 하다가 흠칫 놀란다.

싱거운 사람들

별별 사람이 다 있다. 개성이 강한 사람이 있는 반면, 싱거운 사람도 많다. 스스로는 잘 모른다. 자기 허물을 아는 사람은 드물다. 누구든지 자책하려고 들지 않는다. 일이 잘못돼도 재수 없는 정도로 치부한다. 자기합리화에 다름 아니다. 하긴 모든 것을 내 탓으로 돌리면 하루도 살 수 없을 것이다. 그렇게 사는 것이 인생이다.

어떻게 사는 것이 잘 사는 것일까. 정답은 없을 듯싶다. 내가 만족하면 잘 사는 것이고, 불만이 가득하면 재고해 봐야 한다. 나름의 비법을 터득해야 한다는 얘기다. 그러나 나만의 방법을 찾는다는 것이 어디 쉬운 일인가. 남의 것을 좇다 낭패를 당하는 경우가 허다하다. 그러려면 작은 것에서 출발점을 삼아야 한다. 약속을 지키는 등 실천이 필요하다.

특히 공수표를 남발하는 사람들이 많다. 꼭 지킬 것처럼 약속을 하고도 나타나지 않는다. 전화까지 걸어와 확인할 땐 그럴 것으로 믿는다. 문제는 그다음이다. 약속을 어기고도 일언반구가 없다. 미안해서 연락을 못하는 걸까. 다 사정이 있을 수 있다. 변명을 하더라도 저간의 상황을 알려주는 것이 좋다. 왜냐하면 싱거운 사람을 면할 수 있는 방법이기 때문이다.

의심

　　우리나라 국민성은 어떨까. 근면하고 성실하고 부지런하다고 묘사된다. 이만하면 흠잡을 데가 없을 듯싶다. 정말 그럴까. 나는 이에 동의하지 않는다. 적어도 쉰 넷 평생을 살아오며 느낀 관점에서 그렇다는 얘기다. 한국 사람은 특히 의심을 많이 한다. 상대방을 잘 믿으려 하지 않는다. 색안경을 끼고 사물을 대하는 것 같다. 안 그런 척하면서 뒤에서는 딴 말을 한다. 아주 못된 버릇이다.

　　액면 그대로 받아들이지 않는데 원인이 있다. 무슨 말을 해도 곧이곧대로 들으려 하지 않는다. 예단을 하거나 선입견을 가지고 있기 때문에 그렇다. 순전히 주관적이다. "누구의 사주를 받았겠지." "누가 밀어주었을 거야." 이런 식으로 접근하다 보니 의심을 할 수밖에 없다. 하루라도 빨리 고쳐야 한다. 의심은 하면 할수록 커진다.

　　나는 상대방을 100퍼센트 믿는 편이다. 남들은 이 같은 나의 태도에 대해 바보 같다고 비웃기도 한다. 그래도 흔들리지 않는다. 믿는 구석이 있는 까닭이다. "한 번, 두 번 속아주면 세 번째는 속이지 못한다." 경험상 얻은 결론이다. 아무리 심성이 나쁜 사람도 진심으로 대하면 달라진다. 개과천선하는 것이다. 서로 믿고 의지하는 사회가 건전하다.

적반하장도 유분수지

도둑이 도리어 매를 든다. 이를 적반하장(賊反荷杖)이라고 한다. 잘못한 사람이 도리어 잘한 사람을 나무랄 때 쓴다. "적반하장도 유분수지." 심심찮게 사용한다. 아주 못마땅한 경우 입에서 불쑥 튀어 나온다. 살다 보면 그런 경우를 흔하게 본다. 특히 금전관계에서 잦다.

아쉬운 사람이 손을 벌린다. 온갖 사탕발림을 한다. 처음에는 간이라도 빼줄 듯이 잘한다. 돈도 바로 갚을 것처럼 떵떵거린다. 그다음부터가 문제다. 원금은커녕 이자를 제때 갚지 않는 사람들이 많다. 재촉을 하면 도리어 '채근하지 말라'며 화를 낸다. 잘 아는 사이가 많아 난감한 일이 아닐 수 없다. 돈을 준 사람이 빌린 이의 눈치를 보는 격이다.

갚을 능력이 있으면서도 이런저런 핑계를 대며 미루는 사람들이 있다. 상습범이다. 배 째라는 식으로 골탕 먹이는 부류도 있다. 나한테 돈을 받으려면 잘하라고 큰소리치기도 한다. "화장실 들어갈 때와 나올 때 다르다."는 속담이 있다. 이처럼 인간의 마음은 간사한 측면이 있다. 나는 아니라고들 강조하지만 누구나 비슷하다. 정도의 차이만 있을 뿐이다. 금전관계는 가까운 사이일수록 멀리하는 것이 좋다. 또 한 번 서운한 것이 낫다.

마음 비우기

인간의 욕망은 끝이 없다. 아무리 채워도 모자란다고 느낀다. 그래서 문명이 발달했는지도 모른다. 현실에 안주하고, 지금 이대로가 좋다면 더 이상의 발전을 기대하기 어려울 터. 세상은 끊임없이 진화한다. 누구도 미래를 예측할 수 없다. 하루하루가 급변한다. 잠시라도 한눈을 팔면 시대에 뒤떨어진다.

마음속에 아무 생각이나 거리낌이 없는 것을 허심(虛心)이라고 한다. 마음을 비우는 상태를 일컫는다. 어떻게 하면 그 경지에 이를 수 있을까. 거창하게 생각하면 도저히 도달할 수 없다. 작은 것부터 실천해가면 근접하리라고 본다. 우선 큰 욕심을 버려야 한다. 이룰 수 없는 것을 바라는 것은 탐욕이다. 화(禍)도 거기에서부터 비롯된다.

나는 어떨까. '마음을 비웠다'고 얘기한다. 자문해 보기도 한다. '정말 그럴까.' 스스로 대답을 구해본다. "마음을 비웠고, 앞으로도 그렇게 살 것이다"라고 답한다. 실제로 마음이 편하다. 덤빌 필요가 없다. 여유도 생긴다. 누가 무엇이라고 한들, 나의 길을 걷고 있다. 그렇다고 남을 무시하는 것은 아니다. 자칫 오만으로도 비쳐질 수 있다. 그래서 겸손을 거듭 다짐한다. 인간은 혼자만 살 수 없기에……

친구의 죽음

아홉수 얘기를 많이 한다. 아홉 되는 해를 조심하라는 얘기다. 특히 남자 나이에 이 수가 들면 꺼린다. 마흔아홉, 쉰아홉을 조심해야 한다. 두 고비만 넘기면 장수할 수도 있다. 실제로 아홉수를 못 넘기고 죽는 경우를 가끔 본다. 마흔아홉은 인생의 절정기다. 가정에서나, 직장에서나 어깨가 무겁다. 일에 치여 건강을 해치기도 한다. 하지만 건강을 과신하는 경향이 있다. 중병을 선고받은 다음 후회에야 소용없다. 쉰아홉은 은퇴 시기. 무엇보다 스트레스를 줄여야 한다.

남자들은 앞만 보고 뛴다. 건강은 뒷전이다. 아내가 잔소리를 할 필요가 있다. 술을 적게 마시게 하고, 운동을 하도록 채근해야 한다. 그러면 마지못해 흉내라도 낸다. 운동엔 중독성이 있다. 자기도 모르는 사이에 등산하거나 걷기를 생활화한다.

친구에게서 급한 전화 목소리가 들렸다. 조금 불길한 예감이 들었다. 아니나 다를까. 한 친구의 죽음을 알려왔다. 심장마비로 돌연사 했다는 것. 가족도 없었다고 한다. 그 친구의 아내는 외국 여행 중이었단다. 곁에 누가 있으면 목숨을 건질 가능성이 아주 없진 않다. 애석하기 짝이 없다. 전화를 걸어온 친구가 얘기했다. "우리 오래 살자." 날씨만큼이나 우울한 하루였다.

108배 전도사

무슨 일이든지 흠뻑 빠져야 전념할 수 있다. 그렇지 않으면 작심삼일에 그치는 경우가 많다. 무엇보다 인내심이 중요하다. 하루 이틀 한 뒤 재미없으면 집어 치운다. 많은 사람들이 그렇다. 성공한 사람들을 보라. 피나는 노력을 한다. 남이 보든, 안 보든 자신의 일에 공을 들인다. 그냥 저절로 이뤄지는 일은 없다.

2010년 초부터 매일 새벽 108배를 하고 있다. 지금까지 하루도 거른 적이 없다. 눈만 뜨면 거실로 나간다. 담요를 깔고 절을 시작한다. 새벽 두 시가 됐든, 다섯 시가 됐든 가리지 않는다. 시간은 대략 15~20분쯤 걸린다. 땀도 송송 배어나온다. 절을 마치면 냉수를 한 컵 마신다. 그다음 커피를 타 가지고 와서 컴퓨터 앞에 앉는다. 내 하루 일과의 시작이다.

지인들을 만날 때마다 108배 얘기를 한다. 그 효과에 대해 알고 있는 분들이 적지 않다. 하긴 방송 등에서 여러 차례 심층 보도한 바 있다. 잘 알면서도 행동으로 옮기기 쉽지 않은 것이 운동이다. 108배는 심신 수련 효과도 있지만, 전신 운동으로 손색이 없다. 팔, 다리, 무릎, 목, 허리 등 온몸을 쓴다. 좁은 공간에서 할 수 있어 더더욱 좋다. 이만한 운동을 찾아볼 수 있을까. 108배 전도사를 계속할 참이다.

사랑 그리고 미움

살다 보면 별일이 다 있다. 매번 즐거울 수는 없다. 인간은 감정의 굴곡이 심하다. 하루에도 수없이 변한다. 이성을 지녔기에 제어하면서 살아간다. 그렇지 못한 사람을 소인배, 아량이 넓은 사람을 대인배라 한다. 마음의 크기는 체형과 비례하지 않는다. 자그마한 사람 가운데도 대범한 사람이 많다. 반면 키 크고 싱거운 사람도 적지 않다.

삶에 있어 가장 중요한 것은 뭘까. 사랑이 아닐까 싶다. 행복의 근원도 사랑이다. 남을 사랑하고, 자신을 사랑할 수 있는 사람만이 행복을 느낄 수 있다. 사랑은 정결하고 숭고하다. 사랑을 하면 악이 자리 잡지 못한다. 악을 물리칠 수 있는 것이 사랑의 힘이다. 사랑의 대상은 무한대다. 폭을 좁히면 그 위력을 발휘할 수 없다. '원수를 사랑하라' 는 말도 그런 데서 나오지 않았을까.

사랑의 반대는 미움이다. 미움이 커지면 증오와 적개심이 생긴다. 포악성도 띠게 된다. 마음의 병도 커진다. 미움을 버리는 것이 무엇보다 중요하다. 그러나 쉽게 버릴 수 없는 것도 미움이다. 이런 경우 먼저 삭이려고 노력해라. 상대방을 허물을 덮어주고 용서하라는 얘기다. 그러려면 마음을 가라앉혀야 한다. 마음이 정말 중요한 이유다.

인생은 모방이다

삶의 정의를 내릴 수 있을까. 정답은 없을 게다. 잘 살면 된다. 그러나 말처럼 쉽지 않은 게 또한 그것이다. 인생의 반을 넘게 살았다. 쉼 없이 달려만 왔다. 뒤를 돌아볼 겨를도 없었다. 나만 그럴까. 그렇지 않다. 또래의 대부분이 비슷한 전철을 밟아 왔다. 따라서 크게 낙심할 이유가 없다. 동병상련이라지 않던가.

나름대로 인생을 정의해 본다. 인생에 창조는 없다고 생각한다. 창조주인 신 이외에 전지전능한 존재가 없는 까닭이다. 그렇다면 모방을 통해 인생을 설계하는 것이 맞을 터. 따라 하기 위해 배운다. 독서도 하고, 자격증도 딴다. 처음부터 성공한 사람은 없다. 후천적 노력을 통해 성공을 일군다. 남들보다 모방을 훨씬 일찍 깨우친 사람으로 볼 수 있다.

내가 강의를 할 때 강조하는 것이 있다. "인생은 모방이다." 처음에는 영문을 몰라 어리둥절해한다. 잠시 뒤에는 고개를 끄덕인다. "오늘 강의에서 공감하는 대목이 있으면 한 가지라도 따라 하세요." 그러면 발전이 있다. 남의 것을 내 것으로 만드는 것도 능력이다. 따라 한다고 창피할 것이 없다. 사람마다 존경하는 인물이 있다. 그렇게 닮고 싶어서 마음속에 설정하는 것. 나도 모방하는 데 주저하지 않는다.

욕

　말이 점점 거칠어진다. 좋은 말이 많은데도 험한 말을 자주 쓴다. 입에 담기 어려운 말도 쏟아낸다. 욕(辱)으로 도배질하는 댓글이 수두룩하다. 낯이 뜨거울 정도다. 욕설도 배설의 일종일까. 욕을 하면 시원하다고 말하는 사람도 있다. 무의식중에 튀어나오는 것이 문제다. 점잖은 사람도 무심결에 욕을 한다. 욕이 생활화되어 있기 때문이다.

　천진난만한 아이들도 욕부터 배운다. 주위의 환경 탓이리라. 욕은 듣지 않고선 따라 할 수 없다. 누군가로부터 듣고 배운다. 무엇보다 가정교육이 중요한 이유다. 집안에서 욕을 하면 쉽게 따라 한다. 어른들이 그렇게 하니까 당연한 것으로 여긴다. 세 살 버릇 여든 간다고 한다. 욕을 배우면 고치기 어렵다. 하지 않는 것이 최선이다. 윗사람이 모범을 보일 필요가 있다.

　나는 어떨까. 장담컨대 욕을 하지 않고 살아왔다. 하지 않으니까 쓸 줄도 모른다. 친구 사이에서 흔히 쓰는 '인마'도 하지 않는다. 이름을 부르면 될 일이다. 때문인지 '신사'라는 별명을 듣고 있다. 신사가 욕을 할 수 없기에 더더욱 못쓸 터다. 스물여섯인 아들 녀석도 욕하는 것을 보지 못했다. 그것은 아버지를 닮으려고 했다. 욕을 하지 않는 사람은 욕먹을 짓도 하지 않는다.

고집불통

어떤 사람이 성공할까. 두루 평이 좋아야 된다. 흔히 융통성이 있다고 말한다. 반면 융통성이라곤 전혀 찾아볼 수 없는 사람도 있다. 이를 외고집이라고 한다. 어쨌든 우리말에서 고집은 좋은 의미보다 나쁜 의미로 더 많이 쓰인다. 따라서 고집이 세다는 말은 가급적 듣지 않는 편이 낫다.

"고집이 아주 세서 모시기가 참 어려웠어요. 여러 차례 말씀을 드려도 소용이 없었습니다. 본인도 고집이 세다는 것을 잘 알고 있었어요." 차관 한 분에다 장관을 세 분째 모시고 있는 한 비서관의 전직 관료 평이다. 그는 고집 때문에 찾아오는 사람도 없었다고 한다. 외부 인사의 청을 100퍼센트 거절했다는 것. 공직자로서 자세는 맞다. 그러나 사람 사는 세상에 원칙만 강조하다 보면 메말라서 못 산다. 융통성을 발휘할 필요가 있다는 얘기다.

그렇다고 고집이 아주 나쁜 것만은 아니다. 소신을 끝까지 굽히지 말아야 할 때가 있다. 옳다고 생각하면 목구멍에 칼이 들어와도 주장해야 한다. 그렇게 하는 것이 남자다. 이런 경우 고집불통이라고 해도 좋다. 나중에 평가받게 되어 있다. 단, 일생에 한두 번 고집을 세워야 한다. 자주 그러면 실없는 사람이라는 비난을 면치 못한다.

불륜 도시 유감

경부고속도로 서울기점 119.6킬로미터에서 청주IC로 접어들면 마치 환영이라도 하듯 도열해 있는 5킬로미터의 시원한 플라타너스 가로수 터널이 있다. 이곳을 지나 시내에 들어서면 시가지를 아늑하게 감싸듯 솟은 우암산과 도심을 관통하여 휘감아 흐르는 무심천이 조화를 이루는, 유서 깊은 교육문화의 도시를 만나게 된다.

청주(淸州)시를 소개하는 내용이다. 이름 그대로 맑고 깨끗한 이미지를 떠올린다. 30년 전 처음 갔을 때는 분명 그랬다. 시가지가 한적했고, 양반 도시답게 여유가 있었다. 당시에도 대학이 많아 젊은이들로 북적댔다. 10년이면 강산도 변한다고 했다. 세월 탓일까. 오늘의 청주는 나를 크게 실망시켰다. 중학교 친구가 상을 당해 청주에 다녀왔다. 고속버스 편을 이용했다. 가로수 터널은 예전 그대로였다. 도심으로 들어서니 변화상을 읽을 수 있었다. 고층건물과 아파트도 제법 눈에 띄었다. 터미널에 이르는 순간 기분이 상했다. 이른바 러브호텔들이 밀집해 있었다. 눈을 어디에 두어야 할지 모를 지경이었다. 네온사인까지 휘황찬란해 퇴폐적 분위기를 더 풍겼다. 왜 이렇게 됐을까. 행정당국을 탓하지 않을 수 없다. 처음부터 숙박시설 구역으로 정하진 않았을 터. 때문인지 올라오면서도 뒷맛이 찜찜했다.

4장

글쓰기의 즐거움

작가와 독자는 글로서 만난다. 소통이 중요한 이유다. 공감을 불러일으키지 못하는 글은 존재의 의미가 없다. 공허한 얘기일 뿐이다. 나는 주변의 삶을 글로 옮기고 있다. 너와 나의 일, 일상사가 주요 테마다. 따라서 거창하지도 않다. 솔직함도 잃지 않으려고 다짐한다. 그다음은 독자에게 맡긴다.

댓글 달기

글은 그 사람의 인격을 말해준다. 아무리 감추려고 해도 본성을 속일 순 없다. 사람 내음이 배어 있기 때문이다. 그럼에도 가식적인 글들이 많다. 관심을 끌기 위해 덧칠을 많이 한다. 그런 글의 경우 생명이 짧은 것은 물론이다. 댓글도 마찬가지다. 악의적이거나 남을 비방하는 내용이 판친다. 습관적으로 그런 글을 올리는 사람들이 적지 않다. 진심인지 묻지 않을 수 없다. 정말 점잖은 사람도 그 대열에 낀다니 놀라울 따름이다.

2009년 12월 1일부터 블로그 활동을 하고 있다. 일상의 단편들을 올린다. 그냥 주변에서 보고 들을 수 있는 얘기다. 심심찮게 댓글이 올라온다. 물론 공감해 주는 분들이 많다. 그러나 눈살을 찌푸리게 하는 댓글도 더러 있다. 그래도 나는 정성껏 '감사하다'는 답글을 드린다. "기자님. 살면서 다양한 일을 겪으셨겠지만 위의 댓글처럼 밑도 끝도 없는 무례한 댓글에도 어떻게 그런 댓글을 쓰실 수 있나요? 항상 inner peace, inner peace. 외쳐보지만 마음대로 되지 않는 마음인데요. 위의 댓글을 읽고 저까지 불쾌해지는데, 기자님은 어떻게 그러시는지 너무 신기합니다." 뜻밖에 이런 격려성 댓글도 받는다. 네티즌들이여! 남에게 상처 주는 댓글은 한 번 더 생각해보자.

활기찬 님의 전화

다음 아고라를 들여다본 지 몇 달 되는 것 같다. 우선 참여하는 분이 많은 데 놀랐다. 재미와 감동을 선사하기도 했다. 나도 개인 블로그에 글을 올리면서 아고라 활동을 시작했다. 초보인 셈이다. 그때마다 관심을 보여주는 분이 계셨다. '활기찬' 님이다. 정겨운 댓글을 달아주신다. 항상 긍정적 사고를 담아 주셨다. 고맙지 않을 수 없다. 하지만 달리 보답할 길이 없었다.

오전 11시 넘어 책상 위의 전화벨이 울렸다. "저 활기찬입니다." 걸쭉한 목소리가 들려왔다. "아! 안녕하세요. 제가 지금 통화 중이라서 전화를 드리겠습니다." 그리고 휴대폰 번호를 받아 놨다. 잠시 후 전화를 드렸더니 계속 통화 중이 걸렸다. 그래서 쪽지를 남겼다. 오후 내내 연락이 없었다.

그런데 퇴근 후 집에서 활기찬 님의 전화를 받았다. 그렇게 반가울 수가 없었다. 예상했던 대로 열려 있는 분이었다. 아주 젊게 사신다는 느낌도 받았다. 오래된 사람 같지노 않았다. 옆자리에 앉아 대화를 나누는 듯했다. "아고라에 사진을 올려놓아 놀랐습니다. 몇 분 안 되는 것 같은데." 실제로 나는 나를 오픈시켜 놓고 산다. 그렇게 사는 것이 편하기 때문이다. 물론 활기찬 님과의 인연도 계속 이어갈 참이다. 그래서 인생은 살맛이 난다.

새벽부터 천둥 번개가 내리쳤다. 도저히 깊은 잠에 빠질 수 없었다. 운동 약속이 있어 새벽 4시에 자명종을 맞춰 놓았으나 그 전에 눈을 떴다. 밖을 내다보니 비도 많이 쏟아졌다. 하루 종일 비가 온다는 일기예보다. 그래서 운동 예약을 바로 취소했다. 지인들에게는 문자 메시지를 보냈다. 아침에 통화하기로 했지만 잠을 깨우지 않기 위해 문자로 대신했다. 요즘은 일기예보가 빗나가지 않아 어느 정도 예상은 했었다.

나에게 2011년 4월은 매우 뜻깊은 달이다. 먼저 네 번째 에세이집인 《사람풍경 세상풍경》을 선보였다. 2010년 4월 《삶이 행복한 이유》를 펴낸 뒤 출판기념회를 했었다. "앞으로 작가의 길을 걸을 예정입니다. 성원해 주십시오." 당시 참석해 주신 분들께 약속을 했었다. 결과적으로 그 약속은 실천했다. 지금까지 두 권을 더 냈으니 공언은 하지 않은 셈이다. 늘 언행일치를 강조해 왔기에 신경이 쓰이지 않은 것은 아니다.

4월은 잔인한 달이라고 노래한다. 그러나 자기가 어떻게 하느냐에 따라 의미 있는 달로 바꿀 수 있다. 계절 탓을 해서는 안 된다. 몇 시간 후면 계절의 여왕 5월이 시작된다. 힘차게 출발해야 결실을 맺을 수 있다. 나의 5월을 만들어야겠다.

어느 후임병의 서평

　　녀석이 제대한 지 꼬박 한 달이 지났다. 입대한 게 엊그제 같은데 꿈만 같다. 지금은 학원에 다니며 재충전을 하고 있다. 대견스럽기도 하다. 자신이 알아서 척척 한다. 엄마 아빠가 이러쿵 저러쿵 참견할 필요가 없다. 군대에 갔다온 효과를 보는 듯하다. 녀석은 나에게 에세이집 4권을 낼 수 있는 동기를 부여했다. 작가(?)의 길을 열어준 장본인이라 할 수 있다. 《사람풍경 세상풍경》은 녀석의 제대에 맞춰 나왔다. 출판사 측에 미리 부탁했던 것. 아들 녀석에게 선물로 주고 싶었다. 녀석이 근무했던 부대에도 책을 보냈다. 고마운 마음에서였다. 인터넷을 검색하다가 아들의 후임병이 책 리뷰를 올린 걸 봤다. 보통 정성이 아니다. 바쁜 시간에 책을 끝까지 읽어보고 올린 게 확실했다.

　　“얼마나 짧은가하면 글 한 편이 한쪽을 다 채우지 못하는 정도다. 때문에, 독자의 몰입을 방해할 때도 있다. 몰입을 하려고하면, 글이 끝나기 때문이다. 그러나 다양하고 맛있다. 1권의 책을 읽으면서 54번의 반성을 하는 건 확실히 신선했다. 게다가 짧은 글들이기에, 가끔씩 편안하게 볼 수 있다. 이 책을 읽으실 거라면, 한 번에 다 읽지 말고, 하루에 1편씩 혹은 이동할 때 조금씩 읽기를 권장한다.” 감사함을 어찌 전해야 할까.

20만636원

《남자의 속마음》. 나의 첫 번째 에세이집이다. 2009년 9월 나왔다. 아무것도 모르고 책을 냈다. 그냥 원고를 보내면 책이 나오는 줄 알았다. 그것도 해마다 베스트셀러를 선보이는 출판사다. 내 책이 그 반열에 올랐다는 얘기는 아니다. 원고를 채택해준 출판사 측이 고맙다. 덕분에 작가(?)라는 호칭도 얻었고, 에세이집을 4권이나 잇따라 냈다.

처음 책을 낼 때 인세는 생각하지 않았다. "그냥 제 이름으로 된 책 3권만 주세요. 인세는 필요 없습니다." 그런데 출판사 측은 선인세 100만 원을 송금해 줬다. 그래야 출판 계약이 성립된다는 것. 당시 기분은 말로 표현할 수 없었다. "내 책이 정말 나오는 걸까. 나도 작가가 되는 거야." 계약서를 교환한 뒤 꼭 석 달 만에 내 이름으로 된 책을 받았다.

전업 작가에게 인세는 피와 같다. 피땀을 흘린 노력의 대가이기 때문이다. 20만636원. 내가 받게 될 첫 전자책 인세다. 출판사 측으로부터 이 같은 내용의 메일을 확인했다. 나에게는 2백만 원, 2천만 원 이상의 가치가 있다. 무엇보다 전자책을 구입해준 독자들에게 감사함을 전한다. 그 인세를 어디에 써야 할까. 의미 있는 돈이므로, 의미 있는 곳에 쓰고 싶다.

아고라 회원과의 첫 만남

　　2011년 7월 23일. 잊을 수 없는 날이다. 아고라 회원과 첫 만남을 가졌다. 인연을 소중히 여기기에 더욱 의미가 깊다. 보름 전쯤 약속을 잡은 것 같다. '활기찬' 님에게서 전화가 왔다. "우리 부부를 초청해 주셔서 감사합니다. 23일 괜찮으신지요." 다행히 그날 선약이 없었다. 처음 만나는 만큼 회사로 나오시는 게 어떤지 여쭤 봤다. '그러시겠다'고 해 약속이 이뤄졌다.

　　그날이 왔다. 나와 아내는 늦지 않도록 서둘렀다. 아내도 어떤 분인지 궁금하다고 했다. 회사에 도착하니 그분들은 이미 도착해 있었다. 1시간 전쯤 왔단다. 모시고 사무실로 올라갔다. "제가 사는 모습을 보셔야죠. 이렇게 지냅니다." 두 분은 정말 소탈했다. 활기찬 님은 부산 출신답게 걸걸했다. 남편 분도 공직에 계신데 법 없이도 살 분 같았다. 우린 빈손으로 갔는데 그분들은 우리에게 매실 선물세트를 주었다. 낮이 약간 뜨거웠다. 회사 근처 식당으로 자리를 옮겼다. 이런저런 얘기를 나눴다. 특히 활기찬 님의 아고라 사랑은 대단했다. 열정이 있었다. 남편은 웃음으로 대신했다. "이런 것도 인연입니다. 앞으로도 인연을 이어가죠." 1시간 30분가량 식사를 마치고 헤어졌다. 집에 돌아오면서 아내에게 어땠는지 물어봤다. "참 좋으신 분들 같아요. 베리 굿입니다."

나는 작가다

"편집장님께! 요즘 대세는 '나가수' 입니다. 일요일 저녁이면 가수들의 열창이 시청자들을 사로잡습니다. 정치권에서도 이를 인용하고 있는 실정입니다. 많은 사람들이 작가를 꿈꾸고 있습니다. 하지만 그 가능성은 아주 낮다고 할 수 있지요. 그래서 '나는 작가다' 라는 제목으로 책을 펴내면 관심을 끌 수 있을 듯싶네요. 제가 독자들에게서 받은 편지를 보냅니다. 文才들이 있는 분들입니다. 한 분은 인천의 암환자 분, 또 한 분은 구미의 가정주부. 살아 숨 쉬는 사람의 냄새가 납니다. 그러나 글은 감동이 있어야 하기에 한 번 내용을 검토해 주세요."

내가 한 출판사에 보낸 메일이다. 독자들을 작가(?)로 데뷔시켰으면 하는 바람에서다. 그렇다고 두 분의 독자가 작가를 꿈꾸며 나에게 편지를 보낸 것은 아니다. 일상사를 오밀조밀하게 표현해내는 기술이 작가임을 자처하는 나보다 훨씬 낫다. 문제는 지명도다. 극심한 불황을 겪고 있는 출판사가 일반인들을 쳐다볼 리 없다. 기성 작가도 요리조리 저울질하는 판이다. 출판사 측이 가장 고민하는 대목은 홍보다. 유명 작가는 이름값을 한다. 고정 독자층을 가지고 있기에 마케팅이 수월하다. 무명작가인 내가 추천하는 사람이 저자가 된다면 얼마나 좋을까.

또 하나의 기록

　　하루 방문객 1만2534명. 2011년 8월 10일. 내 개인 블로그를 방문한 숫자다. 지금까지는 2189명이 최고였다. 또 하나의 기록을 깨뜨린 셈이다. 어쨌든 기분이 좋다. 네티즌들에게 고마움을 전한다. 상상도 못했던 일이다. 월별 최고 기록도 1만3949명. 두 달 전에 기록했다. 이런 추세대로라면 모든 기록을 갈아치울 듯싶다. 게으름을 피우지 않겠다고 거듭 다짐한다.

　　솔직히 글을 쓰면서 독자를 의식하지 않을 수 없다. 블로그의 경우 1일 방문객이 실시간으로 집계된다. 방문객이 적으면 야속할 때도 있다. 그렇다고 가식적인 글을 쓰면 안 된다. 당장 인기를 끌지 몰라도 오래 가지 못한다. 작가들이 평생 고민하는 대목일 터. 나 역시 마찬가지다. 그래서 내린 결론이 있다. '있는 그대로를 전달하자.' 그다음은 독자들의 몫이기 때문이다.

　　개인 블로그는 더욱 애징이 간다. 내 얼굴로 볼 수 있는 까닭이다. 몇 달 전부터 다음 '아고라'에도 글을 올리고 있다. '오늘의 아고라'에 여러 차례 올랐다. 회원 수가 워낙 많다 보니 순식간에 수천, 수만 명을 기록하기도 했다. 댓글도 수십 개, 수백 개씩 달렸다. 그때의 감동도 잊을 수가 없다. 그러나 개인 블로그 1만 명 돌파는 감동 그 이상이다.

어느 블로거의 서평

"사실 박완서 씨의 에세이 집인 줄 알았는데 박완서 씨의 작품은 초기작품으로 1971년작인 '코고는 소리를 들으며'가 맨 앞에 실려 있고 나머지는 사회명사 20인의 에세이다. 박완서의 작품이 적어서 첨엔 실망스럽더니 오풍연 씨나 방귀희 씨 등 호기심이 가는 작가들이 생겨서 그런대로 실망감을 메울 수 있었다. 특히 오풍연 씨 책은 다 한번 찾아서 읽어 봐야지 할 정도로 글을 소소하게 잘 쓰시는 듯, 문체가 하도 여리하고 소소해서 첨엔 여자 작가인 줄로만 알았다. 그냥 책장도 술술 넘어가고 행복에 대한 명사들의 짧은 단상도 있고 하니 비오는 날 집에서 배 깔고 읽기에 안성맞춤인 책!"

《그래도 행복해지기》에 대한 어느 블로거의 서평이다. 특히 나를 언급해 주었다. 과찬이 아닐 수 없다. 호기심이 가는 작가. 이번 책이 다섯 번째 에세이집이긴 해도 난 여전히 무명이다. 그래서 쪽지를 보냈다. "서울신문 오풍연 국장입니다. 인터넷 서핑을 하다가 님의 후기를 보았습니다. 님이 과찬의 말씀을 해주신 것 같아요. 거듭 감사를 드립니다. 주소를 알려주시면 책에 사인을 해서 보내드리겠습니다. 고맙습니다." 내가 님에게 보답할 수 있는 최소한의 성의다. 글 쓰는 이에게 관심은 무엇과도 바꿀 수 없다.

작가와의 동행

문학소녀. 단정한 교복에 책을 든 모습을 연상시킨다. 순결미도 느껴진다. 여학생이 남학생보다 책을 좋아하는 것은 분명하다. 독서 인구의 대다수를 차지하는 것도 여성. 적어도 우리나라에서만은 그렇다. 때문인지 유명 작가 역시 여성이 많다. 남자들은 몇몇을 꼽을 정도다. 독자들을 빨아들이는 힘은 어디에서 나올까.

"발품을 팔지 않고도 작가님을 뵙는 영광을 생애 처음으로 누려봅니다. 대저, 작가와 독자는 글로서의 만남일진데 진일보한, 사이버상의 만남도 독대와 진배없음이라 확대해석 하며 설레는 기쁨을 감추지 못합니다. 마음님의 속마음에 깃든 심오한 정신세계가 언어의 연금술로 빚어지는 상상은 갈증과 허기를 더합니다. 가당찮게도 '작가와의 동행'이라는 표현을 써봅니다." 한 카페 회원이 달아준 댓글이다. '작가와의 동행'이라는 말이 눈에 와 닿는다. 무명인 나에게 과찬이 아닐 수 없다. 책임감도 느낀다.

작가와 독자는 글로서 만난다. 소통이 중요한 이유다. 공감을 불러일으키지 못하는 글은 존재의 의미가 없다. 공허한 얘기일 뿐이다. 나는 주변의 삶을 글로 옮기고 있다. 너와 나의 일, 일상사가 주요 테마다. 따라서 거창하지도 않다. 솔직함도 잃지 않으려고 다짐한다. 그다음은 독자에게 맡긴다.

아빠도 야한 글 써봐요

문학, 영화, 드라마의 가장 흔한 소재는 뭘까. 섹스와 불륜이 아닐까 싶다. 그 본능이 인간 내면에 숨겨져 있기 때문이다. 아니라고 하면 거짓말일 터. 사람들은 이를 비판하면서도 더 가까이 다가서는 경향이 있다. 그래서 더욱 더 자극적인 것을 원한다. 아침 드라마나 주말 가정 드라마에서도 삼각관계 등 불륜이 판친다. 낯 뜨거울 때가 많다.

개인 블로그 활동을 꾸준히 해오고 있다. 거의 날마다 같은 분량의 짧은 글을 쓴다. 이름하며 '掌篇'이라고 할까. 손바닥만 한 크기이다. 긴 글은 왜 쓰지 않느냐고 의아해하는 분들도 있다. 당분간 장편을 계속 쓸 참이다. '장편'이라는 하나의 장르를 개척하고 싶은 심정도 솔직히 있다.

지금까지 900여 편의 장편을 쓰면서 두 번 정도 섹스와 불륜을 소재로 삼았다. 그때마다 조회수 등 기록을 갈아치웠다. 〈등산과 불륜〉이라는 글을 올렸었다. 이 글도 하루 3200여 명이나 봤다. 아들 녀석이 넌지시 물었다. "아빠도 야한 글 써봐요. 그것을 사람들이 많이 보잖아요." 관심을 끌기 위해서 '야한 작가'가 되어야 할까. 그것은 자신이 없다. '야한 남자'가 아니라서 그렇다. 이제껏 써온 대로 독자들의 평가를 받으련다.

남자의 속마음

이름 대신 부르는 것이 있다. 아호다. 옛날 선비들은 두세 개씩 가지고 있었다. 아호를 부르면서 우정을 쌓고 풍류를 즐겼다. 요즘은 극히 일부만이 아호를 쓴다. 대신 닉네임을 즐겨 사용한다. 별명인 셈이다. 인터넷에서 실명을 쓰는 사람은 거의 없다. 문자와 숫자를 조합해 닉네임을 만든다. 재미있는 이름들이 많다. 배꼽을 잡을 만한 것들도 있다.

나는 '남자의 속마음' 이란 닉네임을 쓴다. 이를 사용하게 된 사연이 있다. 《남자의 속마음》은 나의 첫 번째 에세이집 제목이다. 그렇기에 더욱 애정이 간다. 원래 제목은 '남자의 속마음' 이 아니었다. 출판사가 처음 뽑은 제목은 '사람 사는 맛'. 우리 주변의 얘기를 담아 그렇게 짰었다. 그러나 마지막 출간하면서 '남자의 속마음' 으로 바꿨다. 물론 나도 동의를 했다.

그동안 수없이 질문을 받았다. "남자의 속마음을 아십니까?" 솔직히 잘 모른다. 내 마음도 100퍼센트 모르는데 어찌 남자의 속마음을 알 수 있겠는가. 대신 솔직하고 정직하게 살려고 노력한다. 그것이 나의 대답이다. 또 다른 질문 하나. "여자의 속마음도 낼 겁니까?" 그것은 이미 실행에 옮겼다. 《여자의 속마음》은 세 번째 에세이집 제목이다. 남자, 여자 다음은 뭘까.

58년 개띠

고무줄 나이가 많다. 실제 나이보다 두세 살 높여 부르는 사람도 더러 있다. 이들이 흔히 쓰는 말이 있다. 한두 살 위의 띠를 외웠다가 사용하는 것. 가령 58 개, 59 돼지, 60 쥐띠 하는 식이다. 나이를 뻔히 알고 있는 데도 거짓말을 한다. 애교로 봐줄 수 있기에 그냥 웃으며 넘어간다.

주변에서 가장 많이 듣는 게 58 개띠다. 실제로 베이비 붐 세대 가운데서도 58년생이 가장 많단다. 우리 나이로 55세. 이제 정년을 걱정해야 할 나이다. 늦게 결혼한 경우 중·고등학생 자녀도 있다. 돈도 제일 많이 들어갈 때다. 사회에 나와 사귄 친구들이 여럿 있다. 절친하게 지내는 지인 가운데 58년 개띠가 세 명이나 된다. 나보다 두 살 위지만 친구로 지내고 있다. 쥐띠와 개띠의 궁합이 맞는 것일까.

울산에 살고 있는 58년 개띠 독자에게서 큰 격려를 받았다. "요즘처럼 소음도 잔소리도 심한 시대에 정말 살아가기가 팍팍합니다. 일요일 하루 잡다한 일상을 내려놓고 퍼질러 앉아서 까먹는 군고구마처럼 구수한 글들이 오랜만에 옛 시절로 돌아온 듯 착각에 빠져들게 합니다. 모쪼록 건강하시고 좋은 글 많이 보여 주시길 기대합니다." 개띠 독자에게 고마움을 전한다.

고운 마음

　　사람들은 자그마한 것에 감동한다. 다른 어떤 동물보다 감성이 풍부하기 때문이다. 주는 이보다 받는 쪽에서 그렇게 느낀다. 이 경우 둘 다 좋다. 무엇보다 고운 마음을 가져야 감동도 할 수 있다. 심성이 찌든 사람은 그것을 느낄 수 없다. 모든 것이 귀찮게 느껴지는 까닭이다. 감동의 전제 조건은 감사다. 감사할 줄 알아야 감동도 배가된다. 감사를 입에 달고 사는 것도 방법이다.

　　아내에게서 전화가 왔다. 얼마 전 한의원에서 인사를 나눈 분이 내 책을 사와 사인을 부탁했다는 것. 나를 만나지 못하자 한의원 원장님께 대신 받아달라고 맡겼다고 한다. 그는 저자 사인을 받기 전까지는 책장을 넘기지 않겠다고 했단다. 인편으로 책을 보내와 정성껏 사인을 해드렸다. 내가 받은 감동은 이루 표현할 수가 없다. 무명작가를 배려하는 마음씨가 너무 곱다. 그런 분이 있기에 좌절하지 않고 날마다 글을 쓴다. 마침 주고받은 명함이 있어 전화를 돌렸다. 휴대전화는 계속 통화 중이었다. 그래서 일반 전화를 했다. 한 직원이 받았다. "그분 그만두셨는데요." 가슴이 철컥 내려앉았다. 요즘같이 직장을 구하기 어려운 세상에 힘든 길을 택한 것 같았다. 건강을 챙기려는 생각이 들긴 했다. 나도 그분의 완쾌를 먼저 빈다.

111번째 저서

며칠 전 두툼한 소포를 받았다. 책이라고 직감했다. 물론 지인이 보내왔다. 그는 글을 쓰는 사람이 아닌데……. 열어 보니 책이 3권 있었다. 《흥하는 말씨 망하는 말투》. 장문의 편지도 곁들였다. "저자와 오랫동안 친분이 있습니다. 널리 보도를 부탁드립니다." 서평을 부탁한 것. 저자 이상헌 님의 친필 사인도 들어 있었다. 세심한 정성이 돋보였다.

저자는 어디서 본 듯했다. 예전에 방송 활동을 활발히 했던 분이다. 물론 요즘도 칼럼니스트, 명강사로 활약 중이다. 성공학, 행복학, 가정경영, 고객감동 분야의 1인자로 통한다. 저자 소개를 보다가 눈에 띄는 대목을 발견했다. 이번 책이 그의 111번째 저서란다. 말이 그렇지 대단한 창작욕을 지녔다. 아무리 글을 쉽게 쓴다 한들 고통이 따른다. 죽을 때까지 글을 계속 쓰겠다는 대목에선 저절로 고개가 숙여졌다.

내친 김에 책을 모두 읽었다. 저자의 일상이 그대로 묻어났다. 직접 만나 뵙고 말하는 것 같은 느낌을 받았다. 그만큼 편하게 읽을 수 있었다는 얘기다. 글쓰기를 막 시작한 나에게도 커다란 자극제가 되었다. 팔리는 책만 고집했다면 그렇게 많은 책을 낼 수 없었을 터. 20년 뒤 나는 몇 권의 책을 더 낼 수 있을까?

소재 빈곤

많은 사람들이 작가를 희망한다. 그러나 막상 자판을 두드리다 보면 글이 써지지 않는다. 창작이 어려운 이유다. 그래서 글쓰기는 고통의 연속이라고 했는지도 모르겠다. 무엇보다 소재를 찾기가 쉽지 않다. 참신하면서도, 재미있는 거리를 찾아야 하는데 저절로 굴러 들어오지 않는다. 시, 소설, 희곡, 에세이 다를 바 없다. 어떤 장르든 감동이 있어야 한다. 그래야 독자들이 책장을 넘긴다.

한 유명 소설가는 소재 빈곤을 질타했다. 쓸거리가 많다고 했다. 창작 의욕이 넘치는 분이다. 대학교수로 정년퇴직했으니까 만 65세를 넘겼다. 그와 법무부 정책위원을 함께한 적이 있다. 젊게 살고, 상당히 예리하다는 느낌을 받았다. 소재가 많다고 하는 것과 무관하지 않을 듯싶다. 그러면서 '죽을 때까지 글을 실컷 쓰겠다' 고 의욕을 보인다.

나도 거의 매일 자판을 두드린다. 새벽마다 한 편씩 쓴다. 물론 짧은 글이기에 가능하다. 이름하여 장편(掌篇) 에세이. 내 글의 소재는 일상사다. 누구나 고개를 끄덕일 수 있는 내용들이다. 지금까지 쓴 것을 합치면 800여 편 된다. 이 가운데 4권은 책으로 이미 나왔다. 지금 쓰고 있는 이 글은 5권에 포함될 터. 1만 편을 목표로 한다면 너무 큰 욕심일까.

작가의 꿈은 뭘까. 베스트셀러를 하나 냈으면 할 게다. 하지만 그 가능성은 0.0001퍼센트도 안 된다고 해야 할 것 같다. 오히려 복권에 당첨될 확률과 비교하는 것이 나을 듯하다. 더욱이 책을 점점 멀리하는 세상이다. 하루에도 수백 권의 책이 쏟아져 나오지만 눈길을 끄는 책은 극소수다. 가능성만 따지고 보면 책을 내지 않는 것이 맞다.

전업 작가의 애환은 크다. 글을 써서 먹고 살아야 하는데 쉬운 일이 아니어서 그렇다. 일전에 유명한 평론가를 만났다. "인세만 가지고 살 수 있는 작가는 극소수일 겁니다. 부업이 없으면 살기 힘들죠. 그래서 문인들은 가난합니다." 우리의 문단 현주소를 이렇게 설명했다. 유명 작가는 몇몇 손꼽을 정도다. 작가 세계도 부익부, 빈익빈 현상이 빚어지고 있는 것이다.

난 전업 작가가 아니다. 내 만족을, 흔적을 남기기 위해 글을 쓰고 있다. 다행이 책을 내주는 출판사가 있어 행복하다. 출판사 영업부장에게서 한 통의 컬러메일을 받았다. 지방의 대형서점 베스트셀러 코너에 내 에세이집《사람풍경 세상풍경》이 진열돼 있는 사진이었다. 찾는 독자가 적지 않다고 덧붙였다. 꿈인가, 생시인가. 독자들에게 사랑받는 작가를 꿈꾼다.

고마운 댓글

블로그 활동을 하면서 신경 쓰이는 대목이 있다. 조회 수와 댓글이다. 많은 분들이 봐주면 신명 난다. 독자가 없으면 죽은 글이기 때문이다. 블로그를 방문해 주는 모든 분들이 고맙다. 게다가 댓글까지 달아 주는 분들이 있다. 보통 정성이 아니다. 바쁜 와중에 댓글을 남기는 것은 쉽지 않다. 정성스레 댓글을 달아 주는 분들도 있다. 한 분 한 분에게 사례라도 하고 싶은데 별다른 방법이 없다.

비밀 댓글을 두 개 받았다. 궁금해서 바로 열어 보았다. 한 분은 대전, 또 다른 한 분은 충남 천안에 살고 있었다. "아침 출근하여 따뜻한 커피 마시면서 선생님의 글 가슴으로 읽었습니다. 좋은 글 감사드립니다." 대전의 40대 직장 맘이 남겼다. 나 역시 바로 답글을 남겼다. "처음 댓글을 보고 저를 아시는 분인가 생각했습니다. 고맙습니다." 물론 지인은 아니었다. "진솔한 얘기에 고개가 끄덕여지기도 하고 가끔은 위로도 받습니다. 요즘 남편이 여러 가지 일로 많이 힘들어해요. 님의 책을 선물해 주면 위로가 될 것 같은데 혹 자필 사인으로 한 권 보내 주시면 안될까요?" 또 다른 분의 댓글이다. 가슴이 찡해 왔다. 그분에게 연락처를 받았다. 즉시 회사 근처 우체국으로 가서 책을 보내 드렸다. 이 같은 독자가 있어 오늘도 자판을 두드린다.

독자들의 취향은 다양하다. 작가들은 그것을 잘 파악해야, 이른바 팔리는 책을 낼 수 있다. 아무리 문학성이 뛰어나더라도 독자들이 외면하면 그만이다. 유명작가든, 무명작가든 이 점을 고려하지 않을 수 없다. 마이웨이는 성공하기 어렵다는 애기다. 그래서 작가들은 끊임없이 변화를 추구한다. 무엇보다 독자들의 요구를 살피려고 애쓴다. 타깃을 설정하기 위해서다. 나 역시 글을 쓰면서 이 같은 고민을 하지 않는 것은 아니다. 그러나 초심을 잃지 않으려고 한다. 내 주변에서 겪은 일들을 그대로 옮기는 것. 가감 없이 전해왔다고 생각한다. 많은 분들에게서 과분한 평가도 받았다. "저도 우연히 들어와서 님의 글을 읽었습니다. 너무도 솔직한 글에 마음이 찡 했습니다." "표현이 괜찮을지 모르겠지만 아주 담백한 음식을 먹은 듯한 느낌이랄까? 양념이 많지도 않고 아주 소탈한 시골 밥상처럼 그런 기분이 들었어요. 대체로 국장님 인상만큼이나 구절구절에 잔잔함이 배어 있더라고요." 블로그에 올라온 댓글들이다.

그렇다면 앞으로 어떻게 해야 할까. 가능하다면 시골 밥상 냄새나는 글을 계속 쓰고 싶다. 언제까지 글을 쓸지는 모른다. 하루하루가 새롭고 즐겁다. 모든 독자들과 이 기쁨을 나눴으면 한다.

오해와 관심

　"자기는 너무 솔직해서 탈이야." 아내에게서 종종 듣던 소리다. 내가 거짓말을 잘 못하기 때문이다. "참되고, 진실되게 살자." 나의 좌우명이다. 지금까지는 그렇게 살아왔다고 자부한다. 그렇다고 터럭만큼의 거짓이 없었던 것은 아니다. 솔직하다 보니 이런 저런 오해를 받기도 한다. 난 추호도 그런 마음이 없는데 상대편은 실망했다고 털어놓는다. 이럴 땐 정말 당혹스럽다. 진심을 몰라준다고 따질 수도 없다. "언젠가는 알아주겠지……." 내 스스로 위안을 삼는다.

　짧은 글을 쓰면서도 몇 번 오해를 산 적이 있다. 적잖이 나에게 실망감을 표시하기도 한다. 어떤 대목에선 내 자랑으로 비치기도 하는 모양이다. 서민적이지 않은 이유를 첫 번째로 꼽는다. 병원장 친구, 패션쇼 관람 등을 구체적으로 지적한 분도 계시다. 배려해준 지인들에게 미안할 때도 있다.

　"님께서는 그동안 제가 올린 글을 거의 보신 것 같아요. 제 일상 그대로입니다. 조금도 가감 없이 전하고 있습니다. 공감하시는 분도 있을 거고, 공감 안 하시는 분도 계실 것입니다. 제 개인 블로그에서도 같은 의견을 듣고 있습니다. 앞으로도 비판 겸허히 경청하겠습니다." 오해도 관심이기에 고마울 따름이다.

표절과 창작

계속 끊이지 않는 게 표절이다. 모방은 창조의 어머니라고 했다. 하늘에서 떨어지지 않는 한 처음부터 존재한 것은 없다. 변화와 발전의 과정을 거쳐 탄생한다. 무릇 만물이 그렇다. 기술 빼내기도 같은 범주다. 베끼는 것은 새로 만드는 것보다 훨씬 쉽다. 그래서 유혹의 함정에 빠져들었다가 낭패를 당하기도 한다.

표절은 논란으로 그칠 때가 많다. 처음에는 타협의 의지가 전혀 없는 것처럼 보이다가도 어느 순간 조용해진다. 그 경계가 모호한 탓도 있을 게다. 한쪽은 베꼈다고 주장하고, 다른 쪽은 그렇지 않다고 강조한다. 똑같이 베끼는 바보는 없을 터. 이현령비현령 격 아니겠는가. 귀에 걸면 귀걸이, 코에 걸면 코걸이라는 얘기다. 순수 창작은 그만큼 어렵다는 말이기도 하다.

남의 글을 인용하는 것도 일종의 표절이다. 그것을 멋으로 알기도 한다. 유식한 체하는 것이다. 글 쓰는 작업을 하면서 나름대로 원칙을 세웠다. 절대로 베끼지 않는다는 것. 그래서 신문도 제목만 볼 때가 많다. 컴퓨터 앞에 앉을 때도 달랑 국어사전만 들춰본다. 짧은 에세이를 쓰는 만큼 이것저것 참조할 것도 없다, 그냥 살아가는 얘기를 풀어 쓴다. 미사여구도 쓸 줄 모른다. 그대로의 삶이 더 아름답기 때문이다.